www.tredition.de

AF197140

Liebe Leserin, lieber Leser, gib fein acht,
was ist wohl wahr, was nur ausgedacht?

Mein herzlichster Dank gilt Nadine Otto-De Giovanni und ihren Kolleginnen und Kollegen von **tredition**, Korrektor Ulf Schumann und allen lieben Menschen, die unfreiwillig / freiwillig zu den herrlichen Geschichten beigetragen haben und deren Namen ich natürlich verändern musste.

Dieses Buch widme ich meiner Familie.

Gerfried A. Ferchau

Das massierte Auto

Skurriles aus dem Soziallabor D

www.tredition.de

© 2021 Gerfried A. Ferchau

Umschlag, Illustration: Gerfried A. Ferchau

Korrektorat: Ulf Schumann

Verlag & Druck: tredition GmbH,

Halenreie 40-44, 22359 Hamburg

ISBN
Paperback   ISBN 978-3-347-33228-7
Hardcover   ISBN 978-3-347-33229-4
e-Book   ISBN 978-3-347-33230-0
Fotos: https://pixabay.com/de/photos/

Das Werk, einschließlich seiner Teile, ist urheberrechtlich geschützt. Jede Verwertung ist ohne Zustimmung des Verlages und des Autors unzulässig. Dies gilt insbesondere für die elektronische oder sonstige Vervielfältigung, Übersetzung, Verbreitung und öffentliche Zugänglichmachung.

Ein Vorwort

Dieses Buch ist ein Machwerk aus dem Soziallabor D: Deutschland. Es soll therapieren: Überlebe mit Überlegung und Humor den alltäglichen Wahnsinn!

Die Geschichten und Gedichte beruhen auf wahren Gegeben- und Gemeinheiten, nur das „dicke" Ende könnte erfunden sein. Oder etwa nicht?

Namen und Ähnlichkeiten mit lebenden Zeitgenossen sind nicht rein zufällig, sondern ganz bewusst gewollt? Erkenne dich!

Der Autor dieses Mach- und Mahnwerks hat jahrzehntelang im „Soziallabor Wolfsburg" gelebt.

„Bis heute ist die Stadt für Soziologen, Politologen und Architekten auch Vorbild für deutschlandweite Trends. Ob es um Freizeit, Wohnen, Arbeit oder Stadtentwicklungen geht – Wolfsburg gilt als ‚Soziallabor': Die Vier-Tage-Woche in den 90er Jahren, eine in den vergangenen Jahren zurückgebaute Trabantenstadt oder der Strukturwandel von der Industriestadt zum touristischen Ziel sind einige Beispiele."[1]

Aus diesem sozialen Experimentierumfeld stammen die meisten Geschichten, aber erlebt wurden sie auch in Buxtehude, Essen, Hamburg, Hodenhagen, Oberhausen, Stade, Westernkotten, Wupper- und Glottertal. Oder etwa nicht?

Soziallabore gibt es überall!

---

[1] Quelle: https://www.n-tv.de/wirtschaft/Wie-Volkswagen-eine-Stadt-gruendete-article10857606.html
Institut für Zeitgeschichte und Stadtpräsentation Wolfsburg; „Soziallabor" oder „Sonderfall"?_20131128

Ein Potpourri an täglichem Irrsinn erwartet den geneigten Leser und trotzdem: Es darf geschmunzelt, ja gelacht werden! Und ab und zu verordne ich Nachdenklichkeit!

Schicht I oder II

Am Anfang steht die Arbeit, das Vergnügen kommt ja bekanntlich erst später, manches Mal ganz viel später oder auch gar nicht. Aber: Konflikte, die kommen und gehen und bleiben – zu oft.

Die Dorfkneipe „Zur letzten Schicht" befindet sich 10 km östlich vom Stadtkern entfernt. Ein beliebter Anlaufpunkt für durstige Männerkehlen nach getaner Spätschicht in der Produktion. Rammelvoll ist der Laden freitags gegen 23 Uhr. Heute nicht. Heute Abend verlieren sich zwei Figuren an der Theke. Der Wirt kramt in der Küche, leises Topfgeklapper drängt sich verschämt in den Schankraum. Ansonsten herrscht Ruhe. Eine Stecknadel, die fallen würde, käme einem Beben gleich. Heute bebt nichts. Die zwei Spätschichtler hocken seit 22:58 h am Tresen und schlürfen bedächtig das Pils. Pils und Puls laufen synchron: kalt und ruhig.

Es ist 23:27 h. Plötzlich kommt Wind auf, Bewegung ist in dieser kleinen Hütte wahrnehmbar. Der links auf seinem Hocker verharrende Kollege hat eine leichte Zuckung mit seinen Mundwinkeln vollzogen, stiert saftig gen Gläsergalerie, pumpt sich allmählich auf und – rülpst. Sammelt sich, hebt neu an, atmet noch mal schwer und tief durch und bringt tatsächlich menschliche Laute aus dem halbgeöffneten Mundschlund hervor. Und das hört sich so an:

Ehh, sach ma, hicks, ich bin Schicht I und du?

Schicht II, hicks.

Sie haben fertig.

Am kommenden Montag: In der Montage des nahen Werkes kommt es zu einem Tumult. Die Ursache wird schnell gefunden: Ein Werker hat die Schicht verwechselt und ist aus Versehen statt zur Früh- zur Spätschicht erschienen und hat seinem Kollegen den Arbeitsplatz streitig gemacht. Nur mit vereinten Kräften und durch den mutigen Einsatz der herbeigerufenen Vorstands- und Betriebsratsvorsitzenden gelingt es, die Kampfhähne zu trennen. Zur Beruhigung werden sie sofort in die Dorfkneipe „Zur letzten Schicht" geschickt. Dort sollen sie ihr Gespräch vom Freitag wieder aufnehmen und zu einem erfolgreichen Ende bringen.

Bolognese mit Currywurst

Da sitze ich nun in der Werkskantine. Endlich Mittagspause. So nennen die das hier, die „Bandaffen", von denen ich auch einer seit ein paar Tagen bin. Halb sechs am Morgen hat die Schicht begonnen und endlich ist Mittag. Mittag? Halb neun ist erst durch! Was soll's, nach drei Stunden Sesselpupserei ist für einen „Schlipsträger" ja auch schon der Gang zur nahegelegenen Werkskantine angesagt. Neumodisch heißt der Fresstempel allerdings „Betriebsrestaurant".

Reichlich Betrieb hier. An den langgezogenen Tischen sitzen wir aufgereiht wie auf einer Hühnerstange und essen – Currywurst mit Pommes und reichlich Curryketchup, scharf gewürzt. Das gibt Kraft für den nächsten monotonen Arbeitsgang am Band. Genüsslich zerteile ich Stück für Stück der hauseigenen Currywurst, schiebe lustvoll ein paar Pommes hinterher und will die halbe, unbezahlte Stunde entspannt bei schmackhaftem Essen verbringen. Aber in meinen Augen tritt Unruhe ein, irritiert blicke ich nach links, sehe einen Kollegen, der seinen Kopf tief über seinen Teller abgesenkt hat und in einem „Bandaffentempo" Spaghetti-Bolognese in sich reinschaufelt. Ich sperre Mund, Nasenflügel und Augen bis zur Schmerzgrenze auf und betrachte das Spektakel eindringlich und intensiv. Der Kollege schaufelt, ohne aufzublicken, immer schneller und fast schon verzweifelt die Teigwaren mit Soße in sich hinein. Ich kann den Blick nicht von ihm abwenden. Jetzt, ohne den Kopf anzuheben und das Ess-Tempo herauszunehmen, zieht er kurz die Augen nach links, beäugt mich scharf mit vorwurfsvollem Blick, wendet die Augen wieder ab und ackert sich weiter durch den Nudelhaufen.

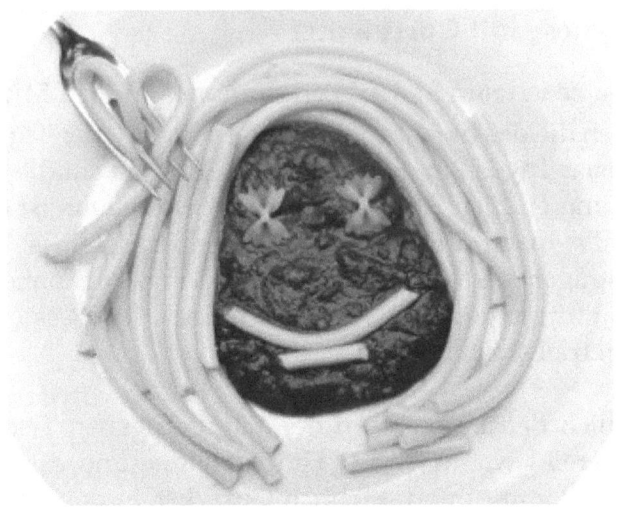

Ich habe das Essen aufgegeben, den Teller mit dem Rest an Currywurst und Pommes dem Schnellfutterer hingeschoben, die Kantine auf dem schnellsten Wege verlassen und mir zwei Packungen Gummibärchen zur seelischen Erheiterung aus dem Automaten gezogen. Am Montageband nehme ich meine Arbeit, das Einziehen von Leitungskabeln, wieder mürrisch auf, aus Verirrung und Verwirrung verbaue ich den Strang zweimal falsch und fange mir einen Anschiss vom Inspektioner und Vizemeister ein. Und dann, vierzehn Uhr, Feierabend, ab in die Freiheit und Freizeit! Strahlend komme ich nach Hause, Tür aufstoßen, Frau und Kinder begrüßen und tiefe Freude verspüren, weil es lecker aus der Küche nach Essen riecht.

Gerda, was gibt's denn heute zu essen?

Spaghetti Bolognese, mein Schatz!

Oldtimer-Otto

Otto ist jung und drahtig. Arbeitet mit mir in der Halle an der Montagelinie 4. Er zieht Tag für Tag das Hauptkabel in eine Autokarosse ein. Er ist vielleicht immer richtig gut drauf, nur bei der Arbeit nicht. Morgens um halb sechs bei Schichtbeginn – er ist mürrisch. Gegen halb neun, wenn die erste kurze Pause eingebimmelt wird – er ist mürrisch. Um zwölf vor dem Mittagessen in der Kantine – er ist mürrisch. In der Spätschicht verhält er sich ebenso, nur eben später.

Eines Tages, es ist am Vormittag, raffe ich mich auf und frage ihn in einer Bandpause ganz direkt und unvermittelt:

Wie findest du die Arbeit hier?

Saublöd, langweilig, richtig ätzend!

Haste gelernt?

Ja, ich bin ausgebildeter Kfz-Mechaniker.

Und könntest du in deinem Beruf arbeiten?

Ja, könnte ich.

Und warum machst du das nicht? Dann hättest du doch die Möglichkeit, umfassendere Arbeiten durchzuführen als hier am Band, die zudem abwechslungsreicher sind.

Stimmt schon, aber hier im Zweischichtbetrieb verdiene ich mehr Geld. Und außerdem habe ich ein teures Hobby. Ich kaufe alte Autos auf und restauriere die Oldtimer. Mein Hobby könnte ich nicht finanzieren, wenn ich irgendwo in einer kleinen Kfz-Werkstatt arbeiten würde.

Ich muss erst kurz überlegen, bevor ich antworte:

Hey, ich finde: Wenn du hier mit der monotonen Arbeit unglücklich bist, dann verlasse dieses Werk und mache das, was dir Spaß macht. Oder nimm das gute Geld hier mit und sei zufrieden.

Otto glotzt mich kurz an, greift den nächsten Kabelstrang und verbaut das Teil mürrisch und wortlos in der nächsten Karosse.

Otto hat sich in späteren Jahren einen Schrottplatz in Detroit gekauft, handelt mit Altmetall und restauriert Oldsmobiles.

Jobben auf Touren

Touren fahren in der Endmontage – das macht Spaß! Wenn du das ohne Schaden an Körper und Seele zu nehmen überstehst, hast du ein prima Arbeitsleben. Was das heißt? Die Arbeitsgänge am Band sind von Spezialisten mit der Stoppuhr ausgetaktet. So werden für den Pedalblock im Fahrzeug zwei Mitarbeiter für die Zeit x benötigt. Aber die Kollegen sind ja nicht doof und zudem hundsgemein schnell: Hast du die Handgriffe erst einmal intus, dann beherrscht du mit geschlossenen Augen in affenartiger Geschwindigkeit nach kurzer Zeit deinen Arbeitsgang. Und nicht nur den, sondern auch den deines Kollegen. Das bedeutet, dass dein Kollege Pause macht, in die Kantine geht und Currywurst und/oder Spaghetti-Bolognese futtert, während du ackerst. Und wenn er vollgemöppelt wieder auf der Bildfläche erscheint, hebst du ab in die Zusatzpause. Auf diese Weise arbeitest du nicht acht, sondern vier Stunden täglich. Und da du in einem Zweischichtbetrieb eingenordet bist, verdienst du reichlich Kohle. Und ich, nur ein paar Meter vom Pedalblock-Kollegen Peter und der -Kollegin Petra entfernt, habe die Sache mit dem Leitungskabel, was durch die Heckklappe der Karosse gezogen wird, voll drauf und somit eine kleine Unterbrechung erarbeitet, bis die nächste zu bedienende Karosse heranwedelt. Also gehe ich auf meine Kollegin Petra mal so direkt zu und frage sie:

Sag, mal, was hast du eigentlich für eine Ausbildung?

Ausbildung? Hab ich keine.

Ja, aber nach der Schule, was haste da gemacht?

Also, ich hab Abitur gebaut und mein Freund hat gemeint, bis zu meinem Studium solle ich Jobben gehen.

Und wie lange jobbst du schon hier?

10 Jahre!

Nach dreißig Jahren treffe ich „Pedalblock-Petra" in der Fuß-gängerzone. Ich bin mir nicht ganz sicher und frage sie:

Bist du die Petra aus Halle 4, die die Pedalblöcke eingebaut hat?

Ja, die bin ich.

Was machste heute?

Gerade habe ich meine Promotion erfolgreich geschafft!

Was war dein Thema?

„Einbau von Pedalblöcken unter besonderer Berücksichtigung von ,Touren fahren'"!

Die Nachricht

Mitte der 1980er Jahre. Wir sitzen mit rund 35 Kollegen und Kolleginnen im Großraumbüro, haben vor uns einen „dummen" Monitor und eine Tastatur. Die Großrechner und Drucker stehen in einem anderen Raum und füllen diesen und zwei weitere Räume vollständig aus.

Ich habe ein zukunftsträchtigen Job in diesem großen Unternehmen: Ich verarbeite Daten, Finanz- und Personaldaten. Echt aufregend. Na ja, nicht immer. Kann heftig öde und saumäßig anstrengend sein. Und wehe, es passiert ein falscher Fehler, dann steigt nicht nur der Blutdruck bis an die Schmerzgrenze, dann muss zusätzlich mit einem Einlauf durch den Abteilungsleiter gerechnet werden.

Aber heute ist alles gut. Mein Kollege Franz sitzt mir, verdeckt durch seinen Monitor, in entspannter Haltung gegenüber und hackt Computerbefehle in seine Tastatur. Ich tue es ihm nach, nur nicht ganz so relaxed, denn ich bin „der Neue" in der Abteilung und meine Kenntnisse und Erfahrungen mit der Verarbeitung von Daten sind noch recht übersichtlich. Aber heute ist ja alles gut, denke ich, da macht es plötzlich KLONG und ich erblicke auf meinem Bildschirm ein ungewöhnliches Etwas und bin heftig irritiert und befürchte schon, dass mir nun der bereits erwähnte Einlauf droht. Da sehe ich das grinsende Gesicht meines Kollegen Franz, der sich zur Seite gebeugt hat, nicht auf seinen Monitor, sondern in meine Richtung glotzt.

Na, ist es bei dir angekommen?

Was soll angekommen sein?

Mein Mail!!

Dein Mehl????

Mein M-A-I-L!!!!

Was ist das denn?

Und nun erläutert er mir ausführlich und wissenschaftlich korrekt, was sich hinter elektronischer Post verbirgt.

Und was macht man damit?

Man schickt sich Briefe, elektronische Post eben!

Aha! – Und wo kann ich diese elektronische Post hinschicken?

An Kollegen und Kolleginnen in unserem Gebäude. Das läuft über den Großrechner, mit dem wir alle vernetzt sind.

Aha, soso!

Ich bin not amused über den spaßigen Kollegen, ganz schön spleenig, das mit dem M-A-I-L! Und nach Feierabend habe ich das Gespräch mit meinem Kollegen vergessen.

Ich bin reich, endlich, ich habe eine riesige Villa auf einem Traumgrundstück, mehrere Fahrzeuge in meiner üppigen Garage, sieben Kinder von drei Frauen, das Leben ist schön. Und wie kam das? Vor Jahren habe ich die Chancen und Möglichkeiten von elektronischer Post messerscharf erkannt: Wenn man sich Post auf digitalen Kanälen in einem gekapselten Gebäude zuschicken kann, warum dann nicht auch in der Stadt, im eigenen Land, weltweit? Gesagt, getan, Kündigung eingereicht, Firma mit fünf Angestellten unter meinem Carport in der Reihenhaussiedlung gestartet und innerhalb kürzester Zeit und explosionsartig expandiert. Jetzt ist alles gut.

Da ertönt ein furchtbar hässliches Signal, so, als wenn Metall auf Metall schlägt. Tut es auch, es ist der Oldi-Wecker, der mich aus dem Schlaf und aus meinen Träumen herauskatapultiert und mich lautstark daran erinnert, dass ich in die Firma muss. Es ist, das wird mir siedend heiß klar, nicht meine Firma. Nichts ist gut.

Der Auto-Konflikt

Mitten im schönen Westerwald sind wir, zwölf gestandene Kerle, vom Arbeitgeber hinverfrachtet worden. Wir dürfen, sollen, müssen an einem „Konfliktmanagement-Seminar" teilnehmen. Als wenn das nötig wäre! Wir können doch alle hemdsärmelig, gelassen, ja geradezu cool mit jeder Art von sog. Konflikten fertig werden. Wozu dann noch eine Schulung?

Unsere Trainer lassen uns die Wahl: Wir sollen einen Konflikt nennen, der uns entweder im privaten Bereich oder bei der Arbeit heimgesucht hat. Vorsicht, Falle, denke ich nur, die Fallhöhe ist bei beiden Varianten sehr groß. Was also tun? Ich entscheide mich für „Beruf". Und dann prasseln taubeneiergroße Fragen über Fragen über mich hernieder, und ich winde mich hin, und ich winde mich her, und komme mit Mühe und seelischen Blessuren aus dem Kreuzverhör heraus. Ich hab's geschafft, gebe vor, dringend zur Toilette zu müssen, verschwinde jedoch auf mein Zimmer, dusche den Stressschweiß hurtig ab und kehre flugs in den Seminarraum zurück. Mich scheint niemand vermisst zu haben, gerade ist das Fragen-Trommelfeuer auf den nächsten Delinquenten im Gange. Ich genieße in voller Breitseite meine wiedergewonnene Gelassen- und Ausgeglichenheit und freue mich klammheimlich auf das erquickende abendliche Saufgelage in der hauseigenen „Westerwald-Klause". Nur noch ein Kandidat muss der Inquisition unterzogen werden. Wenn der einen transparenten Konflikt präsentiert, so meine Hoffnung, dann sind wir mir nichts, dir nichts beim Bierchen und alles wird gut. Aber alles kommt anders. Die Eingangsfrage der Trainer ist immer gleich:

Nun, Konrad, welchen Konflikt können Sie uns denn vorstellen?

Ich habe keine Konflikte.

Okay, es reicht uns die Schilderung nur eines Konfliktes!

Habe ich nicht.

Aha! – Sagen Sie, sind Sie verheiratet?

Ja, seit 27 Jahren.

Und leben Sie in Ihrem eigenen Haus oder zur Miete?

Wir haben eine Mietwohnung mitten in der Altstadt.

Und was machen Sie tagsüber, wenn Sie nicht gerade arbeiten müssen?

Ich schaue viel aus dem Fenster auf die Straße.

Sie beobachten, was draußen vor sich geht?

Ja, das mache ich.

Und was sehen Sie dann?

Eigentlich nicht viel. Nur manchmal ...

Ja?

Also, manchmal sehe ich einige Jugendliche.

Und was machen die Jugendlichen?

Die machen oft Blödsinn!

Wie meinen Sie das?

Die kommen die Straße herunter, grölen laut, stoßen gegen die parkenden Autos, knicken schon mal Spiegel zur Seite oder machen noch schlimmere Sachen.

Und das finden Sie nicht gut?

Das ist doch unerhört, wenn die Kerle Beschädigungen verursachen!

Und was tun Sie dann?

Ich reiße das Fenster auf und scheiße die Bande so richtig zusammen!

Sagen Sie: Steht auch Ihr Fahrzeug unten auf der Straße?

Nein, ich habe einen Innenhofparkplatz um die Ecke.

Dann sind die Fahrzeuge, die die Jugendlichen u. U. beschädigen, Autos von Ihren Nachbarn oder Gästen?

Ja, natürlich.

Warum kümmern Sie sich um die Fahrzeuge anderer Leute?

Na, Sie stellen Fragen! Einer muss das doch tun und den Jugendlichen die Meinung geigen.

Was sagt denn Ihre Frau dazu, wenn Sie sich um fremde Autos kümmern und die Jugendlichen zur Rechenschaft ziehen?

Die sagt, ich soll das lassen.

Aber Sie können das nicht lassen, oder?

Nein, natürlich nicht, was gesagt werden muss, das muss gesagt werden. Ich lasse es nicht zu, dass die Jugendlichen fremdes Eigentum demolieren.

Ihre Frau lehnt Ihr Handeln ab, Sie machen jedoch weiter wie bisher. Was passiert dann?

Meine Frau verlässt den Raum und redet mit mir nicht mehr.

Wie lange spricht Ihre Frau nicht mehr mit Ihnen?

Drei bis vier Tage!

????

Aber dann kommt sie wieder aus ihrem Zimmer heraus!

Wie häufig spielt sich dieser Vorgang ab?

Einmal in der Woche, mindestens!

Konrad, haben Sie einen Konflikt?

Ach was, wo denken Sie hin, dass ist doch kein Konflikt. Nur eine kleine Meinungsverschiedenheit. Und nach ein paar Tagen ist alles vorbei!

Jahre später geht eine Meldung durch die Presse:

Herr Konrad K., Deutscher, ist nach einem gescheiterten Konfliktmanagement-Seminar im Westerwald auf die Weihnachtsinsel ausgewandert und dort kurze Zeit später in Haft genommen worden, weil er die bekannten roten Krabben daran hindern wollte, dass sie ihre Eier am Strand ablegen. Der örtliche Polizeichef hat ihm erklärt, er bekäme sofort Haftverschonung, wenn er umgehend an einem Konfliktmanagement-Seminar im Westerwald teilnehmen würde.

Der Kaffee und das Weekend

Renate ist schon da, ich komme dazu, an die Kaffeetheke morgens und montags um 9.30 h. Da ist doch wohl die Welt in Deutschland noch in Ordnung, oder?

Renate, 20 Jahre alt, sieht müde und mürrisch aus, die kann jetzt einen „Herzinfarkt-Kaffee" vertragen. Denke ich, sagen tue ich:

Hallo Renate, wie geht es dir, schönes Wochenende gehabt?

Renates Miene hellt sich blitzartig auf, jetzt ist sie auf Betriebstemperatur:

Ja, super, du, big Fete am Samstagabend bis voll in den nächsten Morgen gefeiert. Und am Sonntag bei dem Wahnsinnswetter aufs Bike und raus in die Natur! Das war ein total crazy Weekend, sag ich dir!

Na, das hört sich doch gut an.

Ja, aber heute ist erst Montag und es regnet schon seit heute Morgen. Hoffentlich ist bald wieder Wochenende!

Renate, wann lebst du?

Hä? Wie meinst du das?

Nun ja, das Wochenende hat 48, die Woche 168 Stunden. Wie gestaltest du die restlichen 120 Stunden?

???

Dein Leben findet jeden Tag statt. Ist es nicht sinnvoll jeden Tag offensiv und gestaltend anzugehen und „besonders" zu machen?

Renates Miene trübt sich rapide ein. Mit hartem Griff umklammert sie ihre halbvolle Kaffeetasse und schlurft zurück an ihren Arbeitsplatz.

Am nächsten Montag und auch an den folgenden Tagen sehe ich Renate nicht mehr. Ich erkundige mich nach ihr und erhalte von unserem Chef diese Auskunft: Renate hat den gutbezahlten 40-Stunden-Job gekündigt und eine Arbeit als DJ in einer Diskothek angenommen. Sie arbeitet nur am Wochenende und hat dann fünf Tage frei.

Seminar mit Schnitzel

Sommer, Sonne, See. Da liegen wir Studenten faul am Mohnsee. Nicht, dass wir nachlässig wären, nicht die Bohne. Wir sind halt nur ein bisschen lazy, kann doch keine Sünde sein. Ok, wir schwänzen unser Seminar bei Prof. Vaasilev an der FH: „Einführung in die Soziologie". Aber was soll dieses hässliche Wort „schwänzen" überhaupt? Wir nehmen uns eine kreative Auszeit, schauen auf den See und auf die Mädels, die sich am und im Wasser rekeln und blinzeln versonnen und happy in die pralle Nachmittagssonne. Leben, watt biste scheen!

Aber dann, dann fängt der eine, dann der andere an zu gähnen und daraus folgt: Es muss eine Entscheidung her. Und Axel meint: Was zu futtern beschaffen, das wäre doch ein ordentlicher und handgreiflicher Beschluss. Udo mault noch ein bisschen, weil er sich gerade in eine grazile Strandschönheit verguckt hat, trägt jedoch die Entscheidung, die nun einstimmig erfolgt, mit feuchten Augen mit. Also lautet das Agreement: Schnitzel brutzeln mit Pommes ohne Vitamine. Salat machen hält nur unnötig auf. Als Vitaminbombe wird gekühltes Bier aus der Dose definiert, als Fress- und Sauflokation bestimmen wird die Johannisstrasse 100, 1. OG, WG – Wohnung von Axel, Udo und dem durchgeknallten Hobby-Gitarristen Fritze. Um 17 h soll das Anbraten erfolgen. Gesagt und durchgesetzt: Die ganze Truppe trudelt überpünktlich mit den Utensilien ein, die sich nach fairer Auftragsverteilung nun in der klitzekleinen Küche stapeln: 5 kg Pommes, 24 Schnitzel, neun verschiedene Currysoßen, Zwiebeln, Senf, Batterien an Dosenbier und eine undefinierbare Menge an guter Laune bei allen Beteiligten. Da kommt Freude auf und Prof. Vaasilev gehört der lästigen Vergangenheit an. Jetzt ein paar Mädels hier, das wäre die Krönung. Oder auch nicht. Denn so können wir Kerle ganz ohne weibliches Einspruchverhalten unsere ausgeklügelten Vorbereitungen für den gigantischen Schmaus starten. Udo, der die Weiblichkeit vom Mohnsee zutiefst vermisst, nervt noch herum. Aber wir sind Studenten und klug, teilen die Arbeit ganz korrekt und nach Leistungsvermögen ein: Udo, der halbwegs mit einem scharfen Messer umgehen kann, muss die Zwiebeln schneiden. Und dann kann er gleich, ohne sich vor der Männer-Meute zu schämen, zu heulen anfangen, weil unsere Schmaus-Sause ohne Mädels abgehen wird.

Es geht voran. Dumm nur: Wir haben keinen Tisch. Da kommt dem bärbeißigen Axel die überzeugende Idee: Er stürmt mit ein paar Getreuen in das Zimmer des abgehobenen Fritze, der mal wieder völlig vergeistigt zu einem Konzert eines Super-Gitarristen abgereist ist, und sortiert um: Die Schlafstatt von Fritz – drei Matratzen auf dem Fußboden – wird zu einem Sitzplatz umfunktioniert, die überaus hässliche dunkelbraune Kommode wird in die Mitte des Raumes verfrachtet, eine Tür flugs ausgehängt und auf dem Möbelstück platziert, ein erstaunlich sauberes Bettlaken von Fritz wird über die Kommode geworfen, Stühle aus anderen Räumen hineingetragen – voila, fertig ist der Raum für die fette Sause!

Inzwischen hat die Brutzelei ein befriedigendes Ende gefunden: Schwarz befleckte Fleischstücke werden ebenso wohlwollend von uns ignoriert oder akzeptiert wie das etwas zu warme Dosenbier an diesem brutigen Sommertag.

Los geht's! Bis weit nach Mitternacht dauert das große Fressen und Saufen und zurück bleibt ein Schlachtfeld, dass nach Totalrenovierung der gesamten Wohnung riecht.

Nach diesem unvergesslichen Nachmittag und Abend hat sich nun dies entwickelt: Udo und Axel haben ihr Studium der Sozialpädagogik geschmissen und einen Catering-Service der besonderen Art gegründet: Sie richten bei superreichen Familien einen, wie sie es nennen, „bäuerlichen Abendschmaus" aus. Und das geht so:

15 kg Pommes, 40 Schnitzel, 9 verschiedene Currysoßen, Zwiebeln, Senf, Batterien an Dosenbier einkaufen, Möbel und Türen zu Tischen umfunktionieren und dann eine fette Schmauserei starten. Für die musikalische Begleitung sorgt Fritz mit seiner Klampfe, wahlweise auf einer E-Gitarre oder einem altertümlichen Standardgerät. So erzeugt er eine undefinierbare Menge an guter Laune bei allen Beteiligten. Und ist die Party aus und die Edel-Wohnung der Gastgeber fundamental verwüstet, dann erscheinen Alex & Udo mit ihrem frisch gegründeten Reinigungs- und Tapezierservice und bringen sich und das Domizil wieder ins Lot.

Und Fritz begleitet alle Renovierungsaktivitäten angemessen und würdevoll auf seiner Ukulele.

Die Masseurin

Zu dieser Stadt gehören Autos. Viele Autos des gleichen Herstellers aus dem örtlichen Werk. Und kommst du zum ersten Mal in diese grüne Industriestadt, du glaubst es nicht: nur Neufahrzeuge! Und wie ein Baby, das du austrägst, schleppst du neun Monate einen Neuwagen mit dir herum, dann ist das Vehikel zu einem verkaufsreifen Jahreswagen mutiert, um auf dem überfüllten „Schweinemarkt" veräußert zu werden. Möglichst mit Gewinn natürlich und ohne Schrammen, denn: Für einen Werksangehörigen gibt es nichts Schlimmeres als ein Kratzer im Jahreswagen!

Im Stadtteil befindet sich eine große Massagepraxis. Dort werkeln, kneten, massieren, beraten dienstbare und engagierte und eher mäßig bezahlte Masseure und Masseurinnen ihre belasteten Patienten, lockern verspannte Rücken und kitten Seelenrisse, haben immer zwei Ohren offen für tagtäglichen Schmerz. Und die Nachbarkabine bekommt jedes Wort mit. Drum, willst du ein Buch schreiben, besuche eine Massagepraxis, und sind deine Ohren nicht hoffnungslos verklebt, so lernst du über viele Jahre jede bunte Facette des alltäglichen Wahnsinns durch Mitlauschen der Gespräche aus der „Nachbarzelle" kennen. Du bist legaler IM („Informeller Mitarbeiter"), sozusagen!

Ich liege eingepackt, kuschelig warm in der Fango. Um mich eine pralle Decke, Handtuch umwickelt den Hals. Ich brüte so vor mich hin, genieße die Wärme und döse in Erwartung der baldigen Massage genussvoll vor mich hin. Da geht es los in der Nachbarkabine. Ich schätze nach den ersten Worten ab: Auf der Liege entspannt sich eine Dame um die sechzig, Masseurin jung! Die Masseurin beginnt mit der Unterhaltung:

Frau Volk, wie geht es Ihnen?

Ach ja, es geht so. Also, wissen Sie, wir haben ja heute erfahren, dass es 1.500 € an Bonuszahlung für uns Werksangehörige gibt. Die Firma hätte ruhig mehr ausschütten können, wo wir doch im letzten Jahr so fleißig waren!

Was werden Sie mit dem Geld machen, Frau Volk?

Was wir mit dem Geld anfangen werden? Das ist schon weg!

Planen Sie eine schöne Reise?

Ach, wo denken Sie hin! Wissen Sie denn nicht, wie die Situation auf dem Jahreswagenmarkt aussieht?

Können Sie Ihr Auto nicht verkaufen?

Was heißt verkaufen? Die Kunden wollen unser hochwertiges 30.000-€-Fahrzeug am besten geschenkt haben! Die wollen, dass wir noch Geld in den Kofferraum legen!

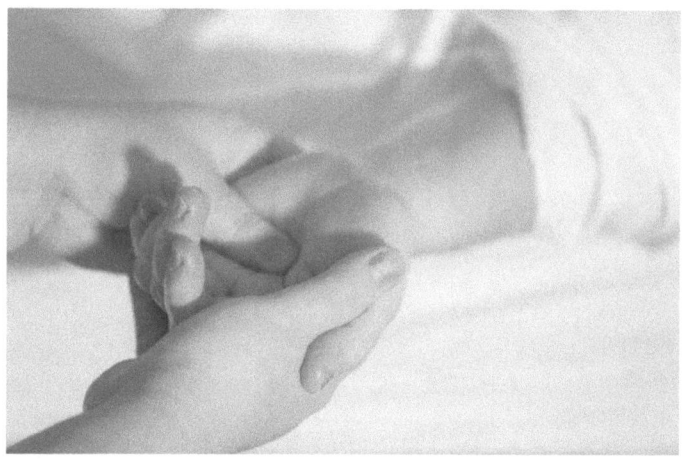

Werden Sie Ihr Auto behalten und weiterfahren?

Ach nein, wir haben das neue Auto schon bestellt, kostet uns fette 42.000 €. Aber das ist kein Problem, das können wir uns leisten. Wir werden unser altes Fahrzeug (sie meint das gerade ausgetragene Auto-Baby, welches neun Monate alt ist!) verkaufen. Aber wir machen 2.000 € Verlust und damit ist die Bonuszahlung futsch!

Die Masseurin denkt, sagt aber nix:

Die kauft sich alle neun Monate ein neues Auto, ich alle neun Jahre!

Ein Jahr später treffe ich die Masseurin im Werk. Sie hat ihren Beruf aufgegeben und arbeitet als Werkerin am Band. Baut Pedalblöcke ein! Kann sich jetzt alle neun Monate ein neues Auto leisten und verdient mehr. Aber: Hat sie das verdient?

Arzt und BWL

Sie sitzt im Bus, vorne rechts, schwer vertieft in einem dicken Wälzer. Vor Kurzem hat Ingrid wie die anderen jungen Leute, die mit mir zum Seehafen fahren, ihre Ausbildung als Speditionskauffrau abgeschlossen. Ich war ihr Ausbilder. Diese Exkursion beendet die dreijährige Ausbildungsphase und alle, die die Prüfung bestanden haben, werden von der Firma übernommen.

Neugierig beuge ich mich zu Ingrid herüber und frage.

Was liest du da?

Ein BWL-Buch.

Macht das Spaß?

Nö, aber nach der Ausbildung muss man weitermachen, ich will studieren. Ich kann mich für drei Jahre von der Firma freistellen lassen und bekomme eine Wiedereinstellungszusage. Habe ich das BWL-Studium abgeschlossen, dann bieten sich mir erheblich bessere berufliche Perspektiven.

Ja, aber, dir macht es keinen Spaß, BWL zu lernen?

Nö, macht keinen Spaß.

Was würdest du denn gerne studieren?

Eigentlich möchte ich Ärztin werden.

Und warum wirst du das nicht?

Nun, das Studium dauert mindestens sechs Jahre, dann ist meine Wiedereinstellungszusage futsch.

Zehn Jahre später flaniere ich am städtischen See entlang und sehe am aufgeschütteten Strand eine junge Frau sitzen. Flugs marschiere ich auf sie zu.

Bist du das, Ingrid?

Ja, bin ich.

Erinnerst du dich noch an unser Gespräch im Bus, als wir gemeinsam zum Seehafen fuhren?

Ja, daran kann ich mich noch erinnern.

Und? Was bist du geworden, welchen Beruf hast du erlernt?

Ich bin Ärztin geworden!

Pause.

Und wo bist du jetzt beschäftigt?

Die Firma hat mich nach meinem Studium im firmeneigenen Gesundheitszentrum eingestellt!

Schlussbemerkung: Ingrid hatte während ihrer Ausbildung immer donnerstags gefehlt. Die Fehlzeiten fielen der Personalabteilung auf, sie wurde vorgeladen.

Sie fehlen jeden Donnerstag. Warum?

Dann fahre ich immer zur Leukämie-Behandlung in eine Spezialklinik nach Berlin.

Arzt und Angst

Ich bin so weit, meine Lage habe ich messerscharf analysiert: Ich muss zum Internisten. Da fühlt sich innerlich irgendein Teil so an, als wollte es sich so mir nichts, dir nichts mit all seinen Funktionen verabschieden. Das kann ich nicht durchgehen lassen, also marschiere ich zum Doc. Und erstaunlicher- und erfreulicherweise muss ich mit meinen undefinierbaren Wehwehchen nicht lange im Zimmer verharren und werde schon nach kurzer Zeit vom Arzt über Lautsprecher in sein Behandlungszimmer beordert. Ein Mann in den besten Jahren sitzt mir kerzengerade in seinem schmucken Ledersessel gegenüber und betrachtet mich eindringlich. Der erste kalte Schauer rast über meinen Körper. Dann hebt er zu sprechen an:

Wie geht es Ihnen?

Eigentlich noch ganz gut, Herr Doktor!

So, so, eigentlich also. Wo tut es denn genau weh?

Ja, das weiß ich auch nicht so richtig! Ich glaube hier!

Irritiert betrachte ich meinen Bauch mit nach vorn ausgewölbter Plauze und zeige mit einer großen Handbewegung auf Herz, Lunge, Bauchraum und Nierenbereich.

So, so, da also!

Der hat ja voll die Ruhe weg, denke ich, könnt' mich doch endlich fachmännisch untersuchen, Therapie und Medikamente verschreiben und weg bin ich. Aber es kommt anders, ganz anders. In den nächsten gefühlten Stunden, aber realen 25 Minuten prasselt ein Sack an impertinenten Fragen auf mich ein.

Lebt Ihre Mutter noch?

Nein? An was ist sie denn verstorben?

An Herzschwäche also!

Lebt Ihr Vater noch?

Nein, an was ist er verstorben?

An Leberzirrhose? Aha!!!

Und Ihre Großmutter: Lebt sie noch und wenn „nein": An was starb sie?

So, also an Tuberkulose? Das wissen Sie genau?

Und Ihr Großvater?

Was, der starb auch an Leberzirrhose?

Weitere Fragen zur Geistes- und Körperverfassung von Urgroßeltern, meiner 1., 2. und 3. Ehefrau und meinen fünf Kindern regnen auf mich nieder und endlich bequemt er sich, erhebt sich aus seinem Designer-Sessel und führt eine kurze und knackige Untersuchung mit mir durch. Jetzt, denke ich, jetzt wird er mir das Ergebnis seiner Analyse mitteilen, mir fette Präparate verordnen und mich entlassen. Aber nein!

So, jetzt habe ich alle Informationen! Kommen Sie in einer Stunde wieder in meine Praxis, dann teile ich Ihnen das Ergebnis meiner Anamnese mit!

Reichlich benebelt und benommen tapere ich nach draußen in den sommerlichen Frühlingstag und meine optimistische Grundhaltung, die ich vor dem Gespräch mit dem Doc hatte, hat sich völlig in Luft aufgelöst. Das phantastische Sonnenwetter wirkt auf mich nur verstörend, nichts, aber auch rein gar nichts kann ich diesem Tag noch abgewinnen. Nach quälend langer Zeit ist die Stunde vorbei und ich stolpere bleich und wachsweich in die Praxis hinein und lande flugs auf dem ärztlichen Beichtstuhl. Ich bin fertig mit der Welt und platze sofort heraus:

Herr, Doktor, ist es schlimm mit mir? Sie können es mir ruhig sagen, ich kann die Wahrheit vertragen!

*Was wollen Sie denn, Sie haben nichts! Diese Befragung und Untersuchung mache ich immer bei Neupatienten. Ich benötige diese ausführ*liche Anamnese, um meine Patienten besser einschätzen zu können.

Ich bin so erleichtert, dass ich in das nächstbeste Lokal sprinte, wo ich mir ein 5-Gänge-Menü und drei Flaschen köstlichsten Wein zuführe.

Die nächsten Stunden bekomme ich bewusst nicht mehr mit. Als ich aufwache, schaut mich der mir sehr wohl bekannte Internist mit gerunzelter Stirn an, und meint trocken:

Schön, dass ich Sie wiedersehe. Ich habe festgestellt, dass Ihre Leber-werte äußerst schlecht sind. Ich werde Sie in das Krankenhaus einweisen lassen. Dor steht Ihnen eine sportliche OP bevor! Viel Glück!

Der Einkauf

Einkaufen macht Spaß – wenn nicht gerade ein Lock- oder Shutdown wie anno 2020/2021 usf. sich wie Blei über das Soziallabor D gelegt hat, die meisten Geschäfte geschlossen haben und wir zum Ausharren in den häuslichen Wänden gezwungen sind. Ab und zu muss man raus, z.B. um die Grundnahrung zu sichern und um Klopapier zu ordern. Einkaufen heißt für einen Mann: Frau sagt, was sie möchte. Und so sieht dann der durchgetaktete Prozess aus:

Sie:
Es müsste mal wieder eingekauft werden.

Er:
Ja, das müsste es wohl.

Sie:
Ich sag dir jetzt, was du mitbringen sollst!

Er:
Aha!

Sie:
Bist du fertig? Also ich brauche ...

Er hackt die lange Wunschliste in sein Smartphone und nimmt geduldig Sonderwünsche und Updates (Veränderung der Mengen- und Größenangaben) entgegen.

Er:
Ist das alles?

Sie:
Ja, ich denke schon ... Also, ja ... Nein, bitte bring noch ... mit.

Es folgen noch mindestens 10 Artikel.

Er:
Ist das alles?

Sie:
Ja, ich denke schon ... Also, ja ... Nein ...

Zu spät, der Mann ist bereits raus aus dem Haus und flugs dabei, seinen Wagen zu starten, um den Einkauf im Eiltempo zu absolvieren, damit er noch rechtzeitig zum Fußballspiel am Abend zurück sein kann.

Der Mann zückt im Geschäft genüsslich sein Smartphone, checkt noch schnell die letzten 123 Mails, wühlt sich durch diverse soziale Netzwerke und stolpert zu guter Letzt in die Kalender-App hinein, in der er seinen Einkaufs-Arbeitsauftrag platziert hat. Und wie er es in dreißig Jahren in der großen Firma gelernt und in die Blutbahn aufgenommen hat, arbeitet er konzentriert und qualitätsbewusst seine To-do-Liste ab, steuert hurtig die Kasse an, bezahlt und stürmt zu seinem Auto. Einladen und los, Fußball wartet!

Ein lustiges Liedchen pfeifend betritt er mit den schweren Einkaufskörben das Haus und meldet sich fröhlich an:

Schatz, ich bin wieder da!

Hast du alles bekommen?

Alles, schau her!

Die Frau erscheint auf der Bildfläche und beäugt die Körbe, schiebt die Artikel hin und her und äußert sich so:

Hast ja keine Zitronen mitgebracht!

Er zückt rasch sein Mobilphone, checkt die Liste und bemerkt:

Von Zitronen hast du nichts gesagt!

Daran denkt man doch, wenn man einkauft. Los, besorge sie noch, ich brauche sie für das Abendessen.

Angesäuert macht sich der Mann erneut auf den Weg zum Supermarkt. Er packt Zitronen, 5 kg Waschpulver, zwei Avocados und eine Nagelfeile in den Einkaufswagen, spurtet zur Kasse und spricht die Verkäuferin direkt an.

Wissen Sie, ich war vorhin da, und habe alles eingekauft, was meine Frau wollte. Von Zitronen hat sie nichts gesagt, die habe ich jetzt geholt und noch mehr dazu.

Ja, so sind wir Frauen, wir wollen immer mehr, auch wenn wir es nicht ausdrücklich sagen. Haben Sie sehr gut gemacht, dass Sie zu den Zitronen noch einiges dazu eingekauft haben.

Der Mann kommt durchgeschwitzt, aber glücklich nach Hause.

Schatz, ich hab deine Zitronen.

Sie ruft aus der Küche zurück:

Hast du denn auch an eine Nagelfeile gedacht?

Er, triumphierend und mit stolzgeschwellter Brust:

Hast du zwar nicht bestellt, aber habe ich mitgebracht.

Und der Mann stürzt zum Fernseher, um endlich das Fußball-spiel, das schon seit 15 Minuten läuft, anzuschauen. Die Frau ist inzwischen dabei, den Einkaufskorb einer intensiven Prüfung zu unterziehen.

Und das Backpulver hast du vergessen? Los, besorge das, damit ich den Kuchen noch rechtzeitig für den Besuch deiner Mutter fertigbe-komme.

Die Frau hört einen fürchterlichen Türknall. Ihr Mann ist mit lautem Getöse zum Supermarkt gedüst, hat der attraktiven Ver-käuferin an der Kasse vor versammelter Kundschaft einen Hei-ratsantrag gemacht und ist mit ihr auf eine einsame Hallig gezo-gen.

Ein Jahr später.

Sie:
Es müsste mal wieder eingekauft werden.

Er:
Ja, das müsste es wohl.

Sie:
Fahr bitte mal zum Festland rüber und besorge mir fünf Zitronen!

Ein Seminar, die Arbeit und ein Buch

Das Stadt-Center ist nagelneu. Immer gut besucht, besonders an kühlen und feuchten Herbst- und Wintertagen. Kein Ort der Ort, eher ein Palast der Wuseligkeit, Konsum-Tempel, Kaufrausch-Kasten. Hier wird weniger gerastet, mehr konsumiert. Ausruhen, um bald wieder in Kauforgien zu verfallen.

Drei Tage habe ich mich auf einem Seminar herumtreiben dürfen. In einem Haus, dessen Ähnlichkeit mit einem Fünf-Sterne-Hotel nicht rein zufällig ist. Schwimmbad, Sauna, exzellentes Essen, kostenlose Getränke – ein Schlaraffenland für ausgeschlafene Angestellte des Konzerns. Das ist Arbeitsbefreiung pur, Erholungsurlaub. Chefs betrachten diese Zeit ihrer Mitarbeiter ungern so. Sie verlangen Handybereitschaft. Und da knackt es. Und der Riss beginnt, Kollegin an der Ohrmuschel, die mir fette und unangenehme Arbeit für den nächsten Tag in der Abteilung ankündigt, und ob ich ein schönes Seminar gehabt hätte, und ich sähe sie dann ja morgen und so.

Ich lasse mich von einem Seminarkollegen in die Stadt bringen, zum Bahnhof, dort will mich meine Frau abholen. Der Kollege hätte mich auch in meinen Heimatort gebracht, aber ich bin ja optimistisch, meine Frau kommt gleich, nur ein paar Minuten noch. Und ich warte dann, und das Gehirn meldet sich mit der fetten, unangenehmen Arbeit geräuschvoll an, es dreht sich, tobt, die Beine werden schwer vom Warten und sie muss doch bald um die Kurve biegen. Diesen Nachmittag noch genießen, in der Stadt verweilen, bummeln, relaxen und die Seele mit einem kühlen Weißwein pflegen, oder Milchkaffee, und den beigelegten Keks genussvoll vertilgen. Und ich warte und warte und keine Ehefrau in Sichtweite und der Verstand erschlägt den Bauch, der nach Entspannung schreit. Also, ab in den nächsten Bus heimwärts. Und dabei hätte ich, ach so gerne, den Nachmittag lust- und friedvollentspannt ausklingen lassen wollen. Im Stadtbus greift meine missmutige Stimmung Körper und Seele an, und ich bereue, dass ich mich heimwärts treiben lasse. Das Handy meldet sich, mühsam krame ich in der Tasche, beinahe drücke ich den Klingelton aus. Meine Frau ist in der Leitung, und meinen aufkeimenden Zorn besänftigt sie, sie sei zu mir unterwegs, es wäre etwas dazwischengekommen, ob wir uns nicht in der Stadt verabreden wollen. Ich nenne ihr schnell den Treffpunkt, ein Blick, ein Ruck, Busstopp an der Haltestelle und ich stürze hinaus und mit schnellem und energischem Schritt geht es einen Kilometer zurück in die Innenstadt, und in der Hermann-Löns-Straße rauscht meine Frau an und nach kurzer und heftiger Begrüßung treibt es uns in die City, hinein in den Konsum-Kaufrausch-Kasten. Die Entspannung soll hier schlagartig einsetzen, Seele, nun baumele mal schön! Und wir schlendern beobachtend, prüfend, suchend nach Nichts ziel- und zeitlos herum. Wie üblich trennen wir uns nach einer Weile, meine Frau, gelernte DOB-Verkäuferin, giert nach Blusen, ich nach Büchern. Und das ist mein Konsumtempel, hier kann ich sein, hier kann ich versinken im geschriebenen Wort. Sauge bruchstückhaft Texte auf und empfinde dabei, dass ich heute kaufe. Sonst eher nicht, das Wandern zwischen den Regalen und das Stöbern in denselben genügt häufig meinem Zeitgeist. Ein Buch vom Leben, das verspricht, einfach mehr davon zu haben, fällt mir auf und ins Auge. Aufschlagen, unstrukturiertes Blättern, Suchen nach dem Unbekannten, unschlüssiges Studieren – alle Aspekte meines Prüfverhaltens, immer wiederkehrend, schälen sich heraus, das Buch wandert an seinen Ort zurück. Ein nagendes Gefühl im Bauch sagt mir: Kaufe! Die eine Hand zuckt zur Geldbörse, die andere will das Buch aufnehmen. Das Buch brauchst du nicht, sagt der Herr, der Verstand, und raus bin ich, treffe alsbald meine Frau und habe diesem Nachmittag immer noch keinen Glanz vergeben. Immerhin, der Traum vom Milchkaffee geht in Erfüllung, gleichwohl der Keks fehlt, ist eh nicht das Atrium-Café, meine Kaffee-Heimat. Ein Kind gluckst zufrieden irgendwo und ein Zucken durchdringt mich: Jetzt kaufe ich! Meine Frau bekommt nur eine kurze Rechtfertigung meines plötzlichen Aufbruchs und ich stürze hastig und voller Vorfreude in den Buch-Tempel zurück und das Buch ist schnell geortet und gegriffen und ungeduldig haste ich auf die Kasse zu, meine Lebens-Beute fest im Griff. Und ich sehe den Eigentümer dieses Geschäfts an einer PC-Station stehen, mein Mitteilungsbedürfnis ist plötzlich übermächtig groß, hektisch verfolge ich das Geschehen an der Kasse, Probleme gibt's mit einem Kunden und seiner EC-Karte, und das dauert und dauert ... Nervös geht mein Blick zum Mann, den ich ansprechen muss, und an der Kasse legt die Verkäuferin den Beruhigungsgang ein, und ich möchte sie bald anschreien ... Und endlich, endlich rücke ich zur Kasse auf, beinahe gebe ich Trinkgeld für das Buch, das mein Eigentum wird, und fast atemlos haste ich zum Eigentümer, der – das ist schon sehr eigentümlich – lange am PC verweilt hat, und nun stehe ich da, und was höre ich mich sagen?

Wissen Sie, ich habe heute ein Drei-Tage-Seminar beendet, einen Anruf aus der Abteilung erhalten, der mir für den nächsten Tag unangenehme Arbeit prophezeit. Meine Stimmung war auf dem Tiefpunkt, zumal meine Frau erst sehr spät kam, um mich vom Bahnhof abzuholen. Ich war heute schon einmal in Ihrem Geschäft, habe ein Buch gesehen, das mich fasziniert hat. Bin aber wieder gegangen und doch wiedergekommen, und habe nun das Buch gekauft. Nun fühle ich mich besser, dieses Buch hebt meine Stimmung, jetzt geht es mir richtig gut.

Freundlich und verwundert hört er mich aufmerksam an, sammelt sich kurz, bevor er antwortet:

Wissen Sie, das finde ich ganz hervorragend, dass Sie so offen sprechen. Auch mir ging es heute nicht so gut, aber jetzt, wo Sie diese Worte gesagt haben – jetzt fühle ich mich schon besser! Warten Sie, bitte!

Und schon hastet er flugs davon, just zu der Kasse, an der ich schwere Beine und einen ungeduldigen Kopf bekam, kramt und kehrt behände und schwungvoll, strahlend zurück – und drückt mir zwei Münzen fest in die Hand.

Danke, dass Sie mir Ihre Geschichte erzählt und meine Stimmung verbessert haben. Nehmen Sie diese Münzen, kommen Sie mit Ihrer Frau wieder und trinken Sie zwei Tassen Kaffee bei uns umsonst. Grüßen Sie Ihre Frau!

Ich kehre gelöst und befreit zu meiner Frau in das Eis-Café zurück, erzähle atemlos und aufgeregt mein Positiv-Erlebnis, wir schlürfen prostend Prosecco und stellen fest: Ab heute wird alles nur noch schöner und wir schreiben den 18. September 2002.

Das Kleingeld

Geld, viel Geld, brauche ich nicht, ich brauche auch kein großes Auto, keine opulente Villa, keine Hazienda in Mexiko – aber schön wär's doch!

In Deutschland besteht die Möglichkeit, jeden Tag (außer sonn- und feiertags) bis 20 Uhr oder so einzukaufen. Viel Zeit, um Lebensmittel, Kleidung und Gegenstände des privaten und beruflichen Bedarfs entspannt zu ordern.

Wochenendeinkauf! Du bist im „Schnellkauf". Du hastest mit einem prall gefüllten Einkaufswagen an die Kasse. Und da stehen schon die Horden, die Kassiererin hat Stress, endlich bin ich an der Reihe, jedenfalls fast, vor mir steht nur noch eine Frau, in wenigen Sekunden bin ich gleich dran, sie muss nur noch bezahlen. Sie legt einen 100-€-Schein hin, die Kassiererin nimmt den Schein, die Kundin fragt:

Wie viel kostet es noch?

19,74 €!

Ach, warten Sie mal, das hab' ich passend!

Die Kassiererin gibt den 100-€-Schein zurück! Die Kundin sucht und fieselt langsam Scheine und Münzen aus ihrer Geldbörse heraus.

So, da haben Sie das Geld!

Die Kassiererin zählt nach:

Es fehlen noch 1,73 €!

Das kann nicht sein!

Doch! Sehen Sie!

Die Kassiererin rechnet der Kundin den Betrag vor.

Ja, da schau ich noch mal, warten Sie ...

Und wir alle, alle warten! Die Kundin nestelt, kramt und sucht, ein Kind fängt irgendwo an zu plärren, die Kassiererin räuspert sich heftig, die Kundin ist kurz vor dem Ziel:

So, da hab' ich noch ...!

Die Geldbörse fällt ihr aus der Hand und Scheine, Münzen, Fremdwährungen sausen auf den glatten Einkaufsboden und verteilen sich breitflächig! In der hinteren Reihe gibt es einen Ohnmachtsanfall, das Kind plärrt nicht mehr, es brüllt, Männer ballen die Fäuste, die Kassiererin verdreht die Augen, die Kundin krabbelt auf dem Boden herum und sucht das Geld zusammen, sie berappelt sich ...

Hier, nehmen Sie den 100-€-Schein, ich hab's nicht passend!

Alles wird gut, denkt die Kassiererin, nimmt den Schein und will einbuchen. Die Kasse ist aus nie geklärten Gründen plötzlich gesperrt, sie benötigt einen Spezialschlüssel und schreit durch den Markt nach ihrer Kollegin:

Elfriede, die Kasse ist gesperrt! Bring mal den Schlüssel!

Am nächsten Tag steht in der örtlichen Presse: „Supermarkt verwüstet: Erboste Kunden zerstörten die Einrichtung eines Supermarktes in Emmershausen, weil sich eine Kundin als zahlungsunwillig zeigte. Die Kassiererin hat gekündigt, der Filialleiter liegt im Krankenhaus!"

Die verschluckte Scheckkarte

Vorbemerkung: Wir schreiben das Jahr 1989. Es gibt noch die gelben Telefonzellen, das Wort „Kreditkarte" haben viele Deutsche noch nie gehört, und „Scheckkarten" stehen im Verruf, unseriös zu sein. Im Soziallabor D wird gefälligst bar bezahlt, hier, dort, überall.

Es ist endlich Wochenende, Samstag früh, sieben Uhr. Die Welt scheint noch in Ordnung zu sein. Wie immer bin ich schon seit einer Stunde wach, habe Kaffee gekocht und den Frühstückstisch gedeckt. Meine Frau schlurft heran, gähnend und mit halbgeschlossenen Augen, lässt sich müde auf den Bistrohocker vor dem üppig gedeckten Tisch fallen, gähnt noch einmal vernehmlich und nimmt die ersten Schlucke vom wunderbaren Herzinfarktkaffee zu sich – und ist im Nu hellwach!

Schatz, lass uns heute nach Buxtehude fahren!

Nach Buxtehude? Was wollen wir denn da?

Einfach so! Wir müssen mal raus!

Ach, so, wir müssen mal raus!

Genau! Los, nun jupp dich!

Gefühlte 15 Minuten später sind eine Not-Ess-Ration, eine Garnitur Frischwäsche und weitere Utensilien verpackt und verstaut und los geht die Reise gen Norden. Kurz vor dem Zielort entbrennt dieses Gespräch, welches meine Frau eröffnet:

Sag mal, hast du Geld mitgenommen?

Nö, ich dachte, du hast das Geld eingepackt!

Das ist doch wohl deine Aufgabe!

Aha!

Was machen wir denn jetzt, so ohne Geld? Müssen wir umdrehen? Ist doch möglich, Tank ist noch halbvoll!

Nein, ich habe eine EC-Karte der Post und eine Kreditkarte. Ich hebe nachher Geld vom Automaten ab.

Aha!

Wir erreichen planmäßig und mit erhöhtem Blutdruck die Stadt, in der die Hunde mit dem Schwanz bellen und wo Hase und Igel um die Wette gelaufen sind. Zielgerichtet steuern wir den nächsten Bankautomaten an. Flugs ziehe ich die EC-Karte aus dem leeren Geldsack, schiebe sie voller Vorfreude auf die zu erwartenden Geldscheine in den Schlitz, gebe die Geheimnummer (auch PIN genannt) ein und gebe den Vorgang frei. Und nun kommen die Scheine – nicht. Aber die Karte hat Sehnsucht nach mir und erscheint erneut. Holla, denke ich, wohl die falsche PIN eingegeben, nächster Versuch. Geld kommt – wieder nicht, dafür erneut die Karte! Verflixt, denke ich, und überlege rattenscharf und bin mir sicher, die richtige PIN im Koppe zu haben. Also, nächster und letzter Versuch. Die Hoffnung stirbt zuletzt – und ich fühle mich plötzlich sterbenskrank, denn die Karte flutscht mir nicht mehr entgegen, der Automat hat sie verschluckt. Nun kein Geld, keine EC-Karte mehr, Verwendung der Kreditkarte an diesem Automaten überhaupt und gar nicht möglich. Schwere Panikattacken befallen meinen Körper, meine Frau ist aschfahl im Gesicht geworden. Da kommt mir die rettende Idee: Ich werde bei der Hauptpost mit Sitz im Hamburger Hauptbahnhof anrufen, die werden mit helfen, ganz sicher! Inzwischen ist es Samstag, dreizehn Uhr.

Hallo, ist da die Post?

Jo, mien Jung. Watt isn los?

Ich erzähle dem dienstbeflissenen Postbeamten mein Malheur und frage arglos, wie ich denn an meine EC-Karte komme.

Jo, mien Jung, da haste denn wohl Pech, wa? Deine Karte wurde wegen dreimaliger Falscheingabe einbehalten. Kannste am Montag bei der Bank abholen. Musst aber deinen Personalausweis vorzeigen. Sonst könnte ja jeder kommen. Klaro?

Das ist alles sowas von „klaro"! Saudoof ist das! Ich beende das stressige Gespräch und blicke mich suchend um. Und nun muss ich schmerzhaft erkennen, warum der bekloppte Automat meine Karte gefressen hat: Ich habe den falschen Geldautomaten erwischt! Der Post-Schalter befindet sich zehn Meter rechts von mir entfernt. Da wäre die Karte inklusive Geld rausgetrudelt!

Meine Frau ist kurz vor dem Heulen. Ein entspanntes Wochenende scheint nur in unseren Träumen zu existieren, die Realität sieht brutal nüchtern aus. Ich denke: Noch können wir zurück, Tank ist noch reichlich mit Treibstoff gefüllt und wenn wir Glück haben, gibt es irgendwo eine Tanke, die auch Kreditkartenzahlung akzeptiert. Aber ich will nicht aufgeben, also sage ich:

Schatz, lass uns ein Hotel suchen, das unsere Kreditkarte als Zahlung akzeptiert. Bei guten Häusern ist an der Tür vermerkt, welche Kreditkarten akzeptiert werden.

Wir klappern also diverse Hotels und Pensionen ab. Kein Erfolg. Wegen des Hafenfestes in Hamburg sind sämtliche Quartiere belegt. Und im Fahrzeug übernachten hat in unserer Sturm- und Drangzeit auch schon nicht funktioniert. Also, was tun? Letzter Versuch: Wir fahren zum nächsten Dorf, sehen an der Straße einen herrlichen Landgasthof mit einem angrenzenden Fischteich und fahren schwungvoll auf den hauseigenen Parkplatz. Erwartungsvoll steuern wir auf das Eingangsportal zu, sehen voller Freude mehrere Kreditkartensymbole, erkennen auch das Zeichen unserer Karte und stürmen positiv gestimmt in das Haus. Es scheint, obwohl nicht vorgebucht, als hätte man uns schon erwartet! Ein vorzüglich gekleideter Herr begrüßt uns ausnehmend höflich und fragt nach unserem Begehren. Und wir begehren ein Doppelzimmer für eine Nacht, zu bezahlen mit Kreditkarte. Unserem Wunsch wird vollumfänglich entsprochen und wir steigen schwungvoll die lange Treppe nach oben, um unser Domizil aufzusuchen. Ist das herrlich, ist das schön? Wir sind schlagartig von allen Sorgen erlöst!

Nachdem wir uns ausgeruht, uns frisch gemacht und umgezogen haben, melden sich unsere Mägen, die, wie hungrige Küken, nach Füllung verlangen. Und da wir unsere Innereien nicht enttäuschen wollen, stolzieren wir genüsslich die Treppe herunter. Dort werden wir zu unserer Überraschung wieder vom vorzüglich gekleideten Herrn höflich mit warmherzigen Worten empfangen.

Herzlich willkommen, meine Herrschaften. Wie wünschen Sie zu speisen: Deutsch oder Französisch?

Wir, die vermeintlichen Herrschaften, wünschen zu speisen, jawoll, aber muss es gleich die französische Variante sein? Und dann höre ich mich wie aus weiter Ferne stammeln:

Französisch, bitte!

Sehr wohl, die Herrschaften, bitte folgen Sie mir!

Er geht gemessenen Schrittes voran, wir folgen auf dem Fuße. Er öffnet eine Tür, links sehen wir einen Raum, in dem deutsch gespeist wird. Wir wenden uns nach rechts, in die französische Sektion. Und was sehen wir? Im Raum befinden sich keine Gäste, nur drei Restaurantfachkräfte, die aufgereiht, Arme hinter dem Rücken verschränkt, für uns, nur für uns, als Empfangskomitee bereitstehen. Die begrüßen uns überbetont höflich, wir werden zum Platz geleitet, die Stühle werden vom Tisch kurz abgerückt, damit wir sorgenfrei unsere Plätze einnehmen können. Die Sorgen kommen schlagartig zurück, denn mir deucht nun: Das wird ein verdammt teurer Abend! Und es kommt noch besser: Mit der exklusiven Vorstellung der Speisenfolge, die schwungvoll auf die Stelltafel geschrieben wurde und uns fachmännisch erläutert wird, stellen sich heftige Schweißausbrüche bei mir ein und ich denke: Noch kannst du zurück, noch kannst du „Nein" sagen. Aber wie in Trance sage ich zu allen Speisen und Getränken leicht depressiv und demoralisiert „Ja" und lasse damit zu, dass das Schicksal seinen Lauf nimmt.

Die Speisen, die Getränke, der Abend, der Service – es ist grandios, himmlisch, einzigartig! Einziger Wermutstropfen: Am Ende dieser Schmauserei droht uns eine saftige Zahlung! Schüchtern bitten wir die Restaurantfachkraft um die Rechnung, die uns auf einem ellenlangen Papierstreifen, der auf einem Silbertablett drapiert ist, kredenzt wird. Ich will den Betrag nicht wahrhaben, luchse verschämt auf den Rechnungsbetrag, stammele nur „Runden Sie bitte auf", lege die Kreditkarte auf das Tablett und sehne mich nach einem herzhaften Doppelkorn, um meinen Schock ob der Höhe der Summe zu verarbeiten: 1200 DM! Muss ich noch mehr sagen?

Wir haben dann noch einen erholsamen, spartanischen Sonntag: Wir jetten nach Cuxhaven, zurück geht es über die Elbfähre bei Wischhafen, dann zu den Hamburger Landungsbrücken, dort gönnen wir uns jeder eine Pulle Bier und machen uns spätabends auf den Weg nach Hause. Irgendwo auf halber Strecke sucht meine Frau ein Papiertaschentuch und öffnet das Handschuhfach. Ansatzlos stößt sie einen spitzen Schrei aus, kramt herum und fördert eine Brieftasche zu Tage.

Was ist das denn?

Eine Brieftasche?

Das sehe ich auch!

Sie öffnet den Geldbeutel und stammelt drauflos.

Da sind ja 1200 DM drin. Woher kommt das Geld?

Ach, das habe ich ja ganz vergessen! Das Geld hatte ich vor drei Tagen bei unserer Hausbank abgehoben!

So, du drehst jetzt sofort um! Wir fahren zurück zum Hotel bei Buxtehude. Wir bleiben da noch eine Nacht. Aber eins sag ich dir: Heute Abend wird dort deutsch gegessen! Wir müssen sparen!

Die Bank hat's

Christian ist ein glücklicher Mann. Fröhlich, optimistisch, immer gut gelaunt marschiert er sorgenfrei durchs Leben.

Christian ist verheiratet mit Elfriede. Die macht sich über jede einzelne Wolke am Himmel schmerzhafte Sorgen: Gleich wird's mordsmäßig regnen, Blitze werden zucken, brüllender Donner wird das Land erzittern lassen. Kurz gesagt: Elfriede tickt anders als Christian.

Nun steht eine Jahrhundertentscheidung für das Ehepaar an: Bau eines schmucken Einfamilienhauses. Ob des hässlichen Aufwands und der grässlichen Kosten gerät Elfriede sofort in heillose Panik, Blähungen und Magenkrämpfe stellen sich ungefragt und ungewollt ein. Aber sie hat sich noch eine Fluchttür offengehalten, sie muss ihren Mann nur fragen, wie er wohl das Häuschen finanzieren will, und ob er nicht schlaflose Nächte hat wegen der Zinsen und der Tilgung, ob er überhaupt genug Geld bereitstellen kann usf. Da wird er dann, so vermutet sie leicht diebisch, ganz schnell wegen der turmhohen Probleme einknicken, das Bauprojekt canceln und mit ihr in der hübschen 2-Zimmer-Mietwohnung im 12. Stock des Treppenhochhauses mit freiem Blick auf die städtische Müllkippe verweilen wollen.

Also, Christian, kannst du mir mal sagen, wie du das von dir gewünschte und geplante Einfamilienhaus im Grünen überhaupt finanzieren willst? Wir haben doch gar kein Geld, um uns ein derartiges Objekt zu leisten!

Und Christian, der bleibt sich treu, und antwortet nüchtern und klar und eindeutig:

Wenn ich kein Geld habe, gehe ich zur Bank, die hat welches!

Christian erhält den Kredit für das Häuschen und er wird dort glücklich bis zum Ende aller Tage mit seiner Elfriede leben. Die Bank ist inzwischen pleite, nicht wegen der Finanzkrise, nein, der Grund ist: Sie haben zu spät gemerkt, dass sie ihr Geld zwar verliehen, aber nie Zins und Tilgung von Kunden eingezogen haben.

Die Therapie

Seminar im Harz. Der Arbeitgeber hat bestimmt: Du gehst eine Woche auf Seminar, um zu lernen, wie du dich rhetorisch gewandt ausdrücken kannst. Es geht hinaus in die Natur, auf einen Fußballplatz. Zwei Teilnehmer stehen sich in den jeweiligen Toren gegenüber und schreien sich an. Kommt ein älteres Ehepaar vorbei und stutzt. Schließlich fragt der alte Herr:

Welche Therapie machen Sie denn?

Die digitale Wiegearie

Da lauert sie auf dem Boden, sie scheint mich provokativ anzustarren. Morgens, wenn ich noch schlaftrunken in das Bad wanke, knipse ich erst gar nicht das Licht an, finde auch in Dunkelheit meinen gewohnten und vertrauten Weg. Aber wenn ich später komme, den Rollladen hochziehe, Helligkeit den Raum durchströmt, dann, ja dann, sehe ich sie, lüstern am Boden liegen, als wollte sie sagen: Nun komm schon, zier dich nicht, nur keine Angst vor mir. Meistens gehe ich ihr aus dem Weg, aber dann überkommt mich die pure Lust und ich bewege mich tapsig auf sie zu. Sie scheint mich herausfordernd zu betrachten, es gar nicht abwarten zu können, bis ich mich auf sie stelle: die Waage. Was für ein Gerät, dieses Premium-Monster! Zeigt nicht nur das Körpergewicht, sondern auch ganze Bündel weiterer Gemeinheiten an: Anzeige bei Übergewicht (Tragkraft: bis 150 kg), BMI, Körperfett, Körperwasser, Knochengewicht, Muskelmasse, 14 Personen-Speicherplätze und und und. Mir wird schwindelig und übel. Außerdem erschließt sich mir nicht, wie 14 Personen, die nicht mehr als 150 kg wiegen dürfen, auf der Trittfläche von 400x400 mm Platz finden sollen! Oder habe ich da etwas komplett falsch verstanden? Ich brauche diesen ganzen wahnsinnigen Messkram eh nicht, außer meinem Gesamtgewicht einschließlich Knochen, Körperwasser und Muskeln (die wenigen, die noch durch schludrigen Lebenswandel vorhanden sind)! Also, rauf auf dieses digitale Ungetüm, das auch noch die hässliche Eigenschaft hat, bis auf das letzte Gramm meine Körpermasse zu erfassen. Und jedes Mal das gleiche Trauerspiel: Dieses Mistding lügt nicht! Da war doch die analoge Waage, die unlängst noch unser Bad schmückte, für mich der wahre Körper-Segen: Wurde ich nicht beobachtet, drehte ich am Rädchen und schon zeigte das gute, alte Stück einen Negativwert im Display an: -10 kg. Jetzt flugs auf die Waage steigen, und siehe da: Gewicht und mein Seelenheil waren wieder im Reinen! Und kam, natürlich rein zufällig, meine Frau in diesem glorreichen Augenblick ins Bad, konnte ich mit unverhohlenem Jubilieren in meiner Stimme mitteilen: Schau mal, Schatz, ich habe schon wieder abgenommen! Das hat sie dann ziemlich heruntergerissen, wenn sie an ihren Leibesumfang dachte!

Aber diese analoge Freude war ja vergangen, weil meine Frau vor Jahren der Meinung war, wir sollten mit dem Fortschritt gehen und digital werden. Damals meinte ich zwar: Geh du ruhig digital, ich bleib bei meinem analogen Schätzchen! Aber daraus wurde nichts, ich musste mit ansehen, wie meine analoge Waage-Welt zerbrach und das korruptionsresistente, neumodische Ungeheuer seinen Platz im Badezimmer eingeräumt bekam.

Ich geh zu Hause auf die Waage, um eine belastbare (!) Aussage gegenüber meinem Arzt loszuwerden, wenn der mich mal über meinen Gesundheitszustand ausquetscht. Und da ich nicht flunkern kann oder will, hole ich mir immer wieder einen Einlauf vom Weißkittel ab:

Na, Herr Dick, schon wieder Ihren Körper über alle Maßen malträtiert?

Was also tun, um aus diesem Wiege-Waage-Dilemma herauszukommen? Eines Tages kam mir die rettende Idee: Neuerdings gehe ich vorzugsweise im Spätherbst oder im Winter in die örtliche Apotheke und bitte darum, mich wiegen zu dürfen. Vorher frage ich noch, ob ich die Schuhe ausziehen müsse, was freundlich von der netten PTA, MTA oder so verneint wird. Und dann kommt der wunderbare Augenblick: Ich auf die Waage in voller Wintermontur und ich erschrecke mich nicht einen Deut, obwohl die geeichte Digitalwaage ein astronomisch hohes Gewicht offenbart. Und nun tröste ich mich damit, dass ich so viel Kleidung trage und in Wirklichkeit erheblich weniger wiege. Und mit dieser Erkenntnis kann ich vor das kritische Ärzte-Antlitz treten, und getrost 10 kg weniger Körpergewicht bekanntgeben und muss nicht befürchten, in die Zwänge einer Abmagerungsarie eingebunden zu werden.

Neulich kam ich wieder in die Apotheke und auf der hauseigenen Waage stand – mein Hausarzt in prachtvoller, fetter Winterkleidung. Mit tiefer Genugtuung realisierte ich, dass mein strategisches Vorgehen Nachahmer gefunden hat.

Die schicke Reduktion

Ich fühle mich gar nicht wohl, genauer gesagt: schlecht. Der Bauch hat sich nach vorne ausgebläht und die Hose klemmt exorbitant bei jedem Schließen. Also quäle ich mich zu meinem Hausarzt. Der hört mich ab, schaut mir tief in die Augen, tastet an mir herum und stellt die Diagnose:

Herr Dick, Sie haben nichts.

Ja, aber sind Sie nicht der Meinung, dass ich zu dick bin?

Ich bin nicht Ihrer Meinung, passt schon! Aber wenn es Sie beruhigen tut, schicke ich Sie in eine Reha.

Da bin ich doch sehr beruhigt, und kümmere mich flugs um einen angemessenen Kurort. Jedoch, die Wahl habe ich nicht, ich werde zugeteilt. Ich erhalte meinen Einberufungsbescheid in die Kuranstalt in Bad Westernkotten. Da denke ich: Hoffentlich macht mein Navi im Auto nicht schlapp, wenn ich dorthin aufbreche, wer weiß, ob ich sonst überhaupt ankomme! Aber alles geht gut, aber wird auch alles gut? Ich bin bester Stimmung: Ich möchte ein bisschen meinen Rücken streicheln lassen, damit meine Rückenschmerzen gelindert oder am besten wegmassiert werden von zupackenden Frauenhänden. Und dann benötige ich opulente Mahlzeiten, viel Freizeit und nette Reha-Insassen um mich herum.

Frohen Mutes muss ich, wie jeder andere auch, gleich am ersten Tag zum Medizincheck. Reine Routine, das denke ich. So werde ich also gemessen und gewogen. Dann zum Doc-Gespräch. Der beleibte Mediziner erwidert mürrisch meinen sehr freundlichen Gruß, schaut auf mein Krankenblatt (warum bloß, mir geht es doch gut!), schweigt eine verdächtig lange Zeit und hebt dann deutungsschwer an zu sprechen:

Na, Herr Dick, dann machen wir mal eine schicke Reduktionskur mit Ihnen.

Schick: Dass klingt lieblich, Reduktion: Das klingt unleidlich, nach wenig bis gar nichts.

Mittags auf dem Teller: Ich muss meine starke Lesebrille aufsetzen, um zu erkennen, was sich da auf dem kleinsten Teller westlich des Rio Peco verirrt hat: Zwei kaum sichtbare Kartöffelchen, ein kaum erkennbares Schnitzelchen und drei Baby-Möhrchen. Und die Bedienung wünscht noch herzensfroh: Guten Appetit! Ich bin restlos bedient. Und meine Laune senkt sich massiv ab, weil nicht nur „Reduktionsköstler" ausharren, sondern auch verwöhnte Vollkost-Privilegierte, soll heißen: Wer es am Koppe hat, aber ansonsten schlank nach Bauchumfang und BMI daherkommt, der kann sich nach Herzenslust in der Reha vollmöppeln, und ich gedeppter Trottel muss mir dann auch noch anhören, was die Bedienung dem Vollköstler zusäuselt:

Na, Herr Müller-Schlank, möchten Sie denn noch Nachschlag?

Ich könnte jetzt zuschlagen, und zwar beim Essen. Ich möchte auch abnehmen, aber nur vom Teller!

Und wie entgehe ich diesem entsetzlichen Hunger-Drama? Mit allen reduzierten Leidensgenossen suche ich schon am ersten Abend nach dem spartanischen Abendmahl in der Reha-Klapse ab 18:30 h die charmante „Schnitzel-Klause" auf, um die Magerkur wieder auf solides Fundament zu stellen. Ich will gerade bestellen, da fragt mich die Bedienung:

Sind Sie Herr Dick?

Ja, der bin ich!

Antworte ich brav und ehrlich und freue mich schon auf eine üppige Mahlzeit zur Nacht. Sie marschiert davon und kommt schon nach gefühlten zwei Minuten wieder, kunstvoll und triumphierend einen kleinen Teller balancierend, den sie vor mir platziert. Zuerst sehe ich nichts. Hole meine Lesebrille heraus und betrachte das Ensemble: Zwei kaum sichtbare Kartöffelchen, ein schwer erkennbares Schnitzelchen und drei Baby-Möhrchen.

Was soll das denn?

Nun, der Chefarzt aus dem Rehazentrum hat mich angerufen und mir aufgetragen: ‚Wenn Herr Dick kommt, dann geben Sie ihm die Kost, die ich ihm verordnet habe!'

An diesem Abend habe ich fluchtartig die uncharmante „Schnitzel-Klause" verlassen und mich am nächsten Tag in der Reha-Klinik bei der Psychologin zum 10-stündigen Therapiemarathon angemeldet.

Bei Claudia

Ich fahre gerne zu Claudia. Fühle mich sehr wohl in ihrer Nähe. Außerdem sind da noch andere hübsche und nette Damen. So direkt nach dem Feierabend zu Claudia, das hat was. Denn Claudia ist auch abends für mich da.

Claudia ist meine Zahnärztin. Immer donnerstags hat sie ihre Praxis bis 21 h geöffnet. Gut für Berufstätige. Die weiteren Damen, die in ihrer Praxis herumwuseln, sind ihre Angestellten. Ich kenne sie alle, wir spielen seit Jahren mit weiteren sportlich angehauchten Mitmenschen Volleyball.

Aber heute spielen wir nicht. Heute steht eine umfangreiche Zahnbehandlung für mich an. Aber ich bin völlig gelassen. Claudia ist eine groß gewachsene Frau, kräftig gebaut und massiv durchtrainiert. Die kann zupacken und ist nicht zimperlich, denke ich. Bei der werden keine Fisimatenten gemacht, Bangemachen gilt nicht, Jaulerei scheidet auch aus. Zähne zusammenbeißen kommt auch nicht infrage. Aber dann kommt, zu meiner Überraschung, aus ihrem Mund eine einfühlsame Frage:

Soll ich dir eine Spritze geben?

Da denke ich, sage es nicht: Was soll das denn? Sagen tue ich:

Nein, das ist nicht notwendig, das geht auch so.

Bist du ganz sicher?

Ja, klar, kannst anfangen.

Und sie setzt an und der Bohrer fräst sich in den Zahn hinein und küsst den Nerv. Und prompt setzen bei mir Schweißausbrüche und eklige Verkrampfungen in Armen und Beinen ein. Sie hält mit dem Bohren und dem Fideln auf dem Nerv inne.

Soll ich dir nicht doch eine Spritze geben?

Nein, nein, alles Ok!

Und sie fragt noch mindestens dreimal nach meinem werten Befinden, bietet mir schon ganz verzweifelt die Spritze an und muss hinnehmen, dass ich immer wieder herzlich-gequält ablehne. Und dann bringt sie ihr Werk schwungvoll zu Ende und ich bin erlöst. Erlöst? Ich bin von den Haarwurzeln bis zu den Zehennägeln durchgefeuchtet, meiner Kleidung müsste ich mich ad hoc entledigen und sie der Waschmaschine auf kürzestem Wege zuführen. Ich bin geschafft.

Geht es dir gut?

So die Frage von Claudia beim Abschied.

Na klar, alles roger.

In regelmäßigen Abständen finde ich mich bei Claudia ein, werde mit der Frage, ob ich gespritzt werden möchte, konfrontiert, lehne selbstbewusst und klar bei Verstand ab, fahre jedes Mal schweißdurchtränkt und geschafft nach Hause, um beim nächsten Mal das übliche Prozedere zu durchlaufen.

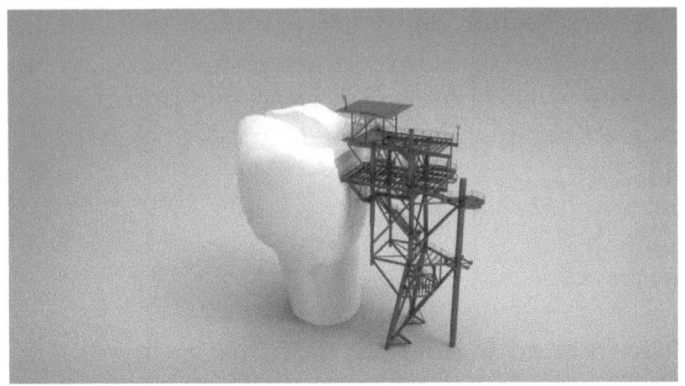

Und eines Tages durchleuchtet mich ein Blitz: Will Claudia mich spritzen, damit **sie** in Ruhe ihre Arbeit in meinem Rachenraum durchführen kann? Und schon wird mir sonnenklar: **Sie** ist angespannt, denn wenn ich aus lauter Verkrampfung auf die blödsinnige Idee käme, die Zähne zusammenzubeißen, und der Bohrer nicht im Zahn, sondern abseits der Zahnreihe sein zerstörerisches Werk ausüben würde – die Folgen wären gigantisch doof! So entwickelt sich dieser spannende, neue Dialog:

Soll ich dir eine Spritze geben?

Ja, Claudia, ich bitte darum!

Ich nehme nicht hörbar, aber instinktiv ein tiefes Aufatmen bei Claudia wahr. Und mein Eindruck täuscht nicht: Voller Freude sticht sie zu und sie hat Ruh! Meine Verkrampfung, meine Schweißausbrüche bleiben aus und ich fahre trocken nach Haus. Und zu ihrer Verwunderung komme ich jetzt alle zwei Monate zu ihr, ich gebe immer vor, dass ich Zahnscherzen hätte, aber sie findet nie etwas. Ich sage ihr natürlich nicht, dass ich süchtig nach der Spritze bin.

Autogen boxen

Mit Hans und Egon habe ich mich zum Autogenen Training angemeldet. Gemeinsam zuckeln wir in die Nachbarstadt, wo abends im altehrwürdigen Schulgebäude aus Kaisers Zeiten die herzerfrischenden und seelenreinigenden Übungen stattfinden sollen. Unser Trainer ist ein üppiger Mittdreißiger, robust, aber durchaus einfühlsam. Die Kommandos erreichen uns oder fliegen auch an uns vorbei, mal hört die autogene Abendgesellschaft von tiefenentspannten Teilnehmern Schnarch- und Schnaufgeräusche. Ich strenge mich an, entspannt zu sein oder zumindest so zu wirken, blinzele nach rechts zu meinem nächsten Nachbarn, es ist Egon, der grinst mich mit weit geöffneten Augen schelmisch an und zwinkert mir verschwörerisch zu. Der nimmt die ganze Chose nicht ernst, denke ich, und konzentriere mich verzweifelt und angestrengt darauf, die Entspannungsphase zu erreichen.

Nach diesem und den folgenden Abenden wirken Hans und Egon locker und leicht und gelöst, während ich darüber sinniere, warum meine Entspannungsversuche samt und sonders in die Grütze gegangen sind. Ich übe, wie es der Trainer angeordnet hat, intensiv und voller Inbrunst auch zu Hause. Hans und Egon sehen von Trainingsstunden im Heim ab, bleiben ansonsten cool und, wie es scheint, tiefenentspannt. In der jeweils nächsten Trainingsstunde fragt der Übungsleiter alle Teilnehmer, ob die Übungen zu Hause angewendet wurden und ob sie von Erfolg gekrönt waren. Mit treuherzigem Augenaufschlag und mit strahlendem Lächeln antworten Hans und Egon immer mit „Ja", während ich zu einer sehr differenzierten Einschätzung meiner heimischen Übungsaktivitäten komme.

Und dann bricht der letzte Kurstag an und wir freuen uns alle auf unsere Belohnung in Form eines edlen Teilnahmezertifikats zur erfolgreichen Absolvierung des Autogenen Trainings. Alle bekommen das Dokument überreicht. Alle? Nein, ich gehe leer aus. Da wendet sich der Trainer mit mitleidigem Blick an mich:

Bei Ihnen hat das ja nicht so geklappt, Sie sollten den Kurs noch einmal wiederholen. Orientieren Sie sich doch am besten an Hans und Egon, bei denen lief das doch blendend.

Nach diesem Erlebnis habe ich mich zu einem Boxkurs angemeldet, Hans und Egon meinten, das wäre auch gut für sie. Pech für die beiden Blender, ich habe sie in den Sparringsrunden immer nach Strich und Faden verdroschen. Hans besucht jetzt einen Selbstfindungskurs im Harz und Egon ist zur geistigen Erleuchtung nach Indien aufgebrochen.

Rommé mit Britta

Ich spiele aus mir unerklärlichen Gründen nicht gerne. Außer Fußball oder besser gesagt: Im TV sehe ich mir gerne Fußballspiele an und erfreue mich, wenn andere gegen die Pille bolzen.

Wir sind im Urlaub im Sauerland. Mit dabei Britta, ihr Ehemann Bernd, meine Frau und ich. Draußen ist es pieselig, Wandern fällt aus, jetzt heißt es tapfer sein. Zur Auswahl stehen diese Freizeitbeschäftigungen: Fußballspiel im TV verfolgen (lehnen die Frauen ab) oder Rommé spielen (lehnen wir Männer ab). Also werden die Rommé-Karten von meiner Frau herausgefieselt, verteilt und der abgeschmetterte Fußballabend nimmt seinen Lauf.

Ein Spiel gewinne ich nie. Ich bin schon ganz verzweifelt, überlege, ob ich mir ärztlichen Rat einhole, um zu ergründen, warum ich null Erfolg habe. Aber es ist kein Arzt in der Nähe und draußen ist useliges Wetter, da schickt man weder Hund noch Ehemann vor die Tür, um den nächsten Facharzt zu konsultieren. Ich glaube inzwischen, dass ich deshalb keinen Erfolg im Spiel habe, weil ich gänzlich untermotiviert bin. Ist das wissenschaftlich belegt?

Nun sind die Karten wieder verteilt und ich bin dabei, das Blatt auf meiner Hand zu ordnen. Da blühe ich plötzlich auf, mein Blutdruck steigt in ungeahnte luftige Höhen, ich nehme schnell einen gewaltigen Schluck aus dem Weinglas, reibe vertikal und horizontal über meine Augen, weil ich es einfach nicht glauben kann: Ich habe zum ersten Mal in meinem Leben ein Rommé-Blatt auf der Hand, dass mich ermächtigt, „Rommé-Hand" zu machen. Innerlich reibe ich mir vor lauter Vergnügen die schweißnassen Hände, lehne mich genüsslich auf dem unbequemen Stuhl zurück und warte darauf, dass ich an die Reihe komme. Nur noch Britta vor mir. Ich schließe kurz die Augen, öffne sie, greife erneut zum

Weinglas und trinke es in einem großen Freudenakt ratzekahl leer, schenke schnell köstlichen Rotwein nach, damit ich gleich meinen Triumph mit einem weiteren Riesenschluck begießen kann. Britta hat inzwischen eine Karte aufgenommen, ein prüfender Blick von ihr und dann dies: Sie haut alle Karten auf den Tisch, die letzte Karte legt sie auf den Haufen und kräht völlig überdreht und unverfroren los:

Rommé Hand!

Sie ist mir zuvorgekommen! Ich starre auf ihr Blatt, prüfe einmal, zweimal, dreimal – es ist wahr! Ich reiße mich hoch, der Stuhl poltert auf den Boden, mein Rotweinglas kippt um, der Inhalt ergießt sich über die Spielkarten und die weiße Tischdecke, ich schmeiße mich laut brüllend auf den Steinboden, auf den ich hemmungslos eintrommele:

Nein, nein, nein!

Ich renne in die dunkle, regnerische Nacht hinaus und klingele an der Tür der nächstgelegenen Praxis des örtlichen Allgemeinmediziners. Schlaftrunken öffnet der Doktor, hört sich mein traumatisches Erlebnis an, bietet mir an, auf seinem Sofa im Wohnzimmer zu nächtigen, reicht mir ein Glas mit aufgelösten Schlaftabletten und lässt mich in die Traumwelt hinübergleiten.

Am nächsten Morgen steht auf dem Frühstückstisch ein Glas Wasser, daneben auf einer Untertasse ein fette Pille. Dazu ein Schreiben des Arztes, das ich wie durch einen Nebel entziffere:

... erlaube ich mir, für die nächtliche Notaufnahme mit anschließender Behandlung und Medikamentenbereitstellung 253,80 € zu berechnen. Der Betrag ist ohne Abzug bis zum ... auf das Konto ... zu überweisen.

Begegnung in der AUTOSTADT[2]

Ich liebe ja meine Arbeit, Herrgott noch mal, aber heute habe ich nur den Anspruch, speisen zu gehen. Und meine Mobilität scheint vom leeren Kopf und von mieser Stimmung erdrückt zu werden. Aber ich schlurfe leicht gebückt voran, der Ärger und der Stress des Tages scheinen mich niedermachen zu wollen. Immerhin raffe ich noch, dass ich meine ganz persönliche After-Work-Session starten muss, um Körper und Seele baumeln zu lassen. Also hinein in die AUTOSTADT, schnellen Schrittes quer durch das Konzernforum und hinein in das erstbeste Restaurant. Im linken Bereich orte ich das mediterrane Salatbüffet und ich entscheide mich dann doch für ein Nudelgericht, geradezu lockt ein kühler Chardonnay, der innere Spannung lösen soll. Mit dem Tablett in den Händen balanciere ich mich durch das Gewusel fremder Menschenmassen, zusätzlich angenervt durch die Hektik, mit miserabler Aussicht auf einen freien Tisch, an dem ich mich mit meiner schlechten Verfassung so richtig alleine fühlen kann. So irre ich mit dickem Hals suchend herum und finde einen langen Tisch mit ebenso langer Bank und nur ein Männlein Marke Rentner sitzt dort scheinbar verloren herum. Ich nicke dem Gast kurz zu und platziere mich schräg gegenüber, nur ja nicht in ein Gespräch verwickelt werden, gleich auf Abstand gehen, kühle Distanz signalisieren, schließlich will ich meine Wut auf den Chef, der meine grandiosen Vorschläge völlig sinnlos und verbal in die Ablage „P" gezimmert hat, so richtig ausleben, massiv auskosten, mit dem Chardonnay veredeln und mit Nudeln verfestigen. Bloß nicht in eine gehobenere Stimmungslage hineinrutschen, das hält die Wut nicht aus, schließlich kann ich auf eine schlaflose Nacht hoffen, die meinen Zorn auf den Cheffe noch steigern wird.

Sie kommen doch sicherlich aus Wolfsburg, oder?

---

[2] Autostadt GmbH, Wolfsburg

Hat da jemand mit mir gesprochen? Wer wagt es, meine kunstvoll gestrickten Kummer-Kreise zu stören?

Sie haben mit der AUTOSTADT einen herrlichen Erlebnispark geschaffen! Ich habe heute den ganzen Tag hier verbracht, es war wunderbar!

Es ist der Herr schräg rechts auf der Bank gegenüber, Typ Rentner, der munter drauflos plappert. Den hatte ich in meiner wütenden Bräsigkeit schon längst vergessen. Da brauche ich einige Zeit, um zu realisieren, dass dieses verrent-nette Wesen es wagt, mich freundlich zu attackieren. Was soll ich tun, ihn ignorieren, ihn mit irrem, bösem Blick abstrafen, um die Mauer, die meinen Ärger umgibt, nicht einreißen zu lassen? Na ja, denke ich, eine Antwort auf kleiner Flamme kann ich mir noch gerade verzeihen.

Ja, ich komme aus Wolfsburg und unsere AUTOSTADT ist wirklich sehr gelungen. Das zeigt sich auch an den vielen Besuchern, die Tag für Tag von nah und fern herbeiströmen.

Das bin doch nicht ich, der so redet, durchzuckt es mich, da kommt die nächste verbale Seelenkeule dieses gnadenlos frischen Oldies:

Ich komme aus Magdeburg und bin Rentner. Von Beruf bin ich Architekt und ich finde Landschaft und Gebäude in dieser AUTOSTADT äußerst faszinierend.

Stopp, denke ich, keinen Schritt weiter, der Kerl reißt deine Mauer wie in Berlin anno 1989 ein und betreibt damit die Flucht deiner miesen Gedanken hinter dem Wut-Wall.

Und dann lege ich los und rede vom *AUTOSTADT*-Konzept, von Master-Planern und Architekten, Innenarchitekten, Künstlern und kreativen Köpfen, die diese automobile Erlebniswelt zum Blühen gebracht haben.

Und wir reden und reden und dann ...

Es ist Zeit. Ich muss jetzt wieder nach Magdeburg zurückfahren. Ich bedanke mich für dieses gute Gespräch. Es war ein sehr schöner Tag. Auf Wiedersehen!

Und dann geht er und ich blicke ihm ungläubig hinterher, möchte ihm nachrufen:

Halt, bleiben Sie, ich muss Ihnen noch etwas sagen! Sie, ich bin mit miserabler Laune hierhergekommen, da treffe ich Sie, und Sie, Sie haben durch Ihre Offenheit und freundliche Ausstrahlung meinen Abend zu einem Gewinn werden lassen. Mein Ärger ist verflogen, meine Wut verraucht, Sie sind es gewesen, der das bewirkt hat.

Ich kann es ihm nicht mehr sagen, er ist vom Menschengewimmel verschluckt worden. Fast bin ich gewillt, ihm hinterherzulaufen, bleibe sitzen, wie betäubt, aber auch gelöst, gut, dass die Mauer gefallen ist! Nur kurz lodert Ärger über mich selbst auf, dass ich meine Worte nicht mehr anbringen konnte.

Der Italiener von Stade

Da bin ich nun nach längerer Autofahrt angekommen. Schlendere an diesem sonnigen und heißen Nachmittag durch diese pittoreske norddeutsche Kleinstadt und erreiche frohgelaunt und durstig den kleinen und feinen Markplatz. Steuere zielsicher das nächste Café an und halte nach einem freien Tisch Ausschau. Der Außenbereich ist üppig besetzt, von ebensolchen Damen und Herren. Aber an einem Tisch, an dem ein älterer, schlanker und dunkelhaariger Herr hockt, ist noch ein Stühlchen frei. Frage höflich, ob ich mich setzen könne und nach seinem kurzem Nicken platziere ich mich genüsslich. Ich erhalte nach einer Weile meinen Cappuccino nebst italienischem Gebäck und denke mir: Sag ich nun etwas oder bleibe ich maulfaul?

Ich hebe an zu sprechen und wende mich an den Tischnachbarn.

Ist schön hier bei Ihnen in Stade.

Er schaut erst auf und dann mich verblüfft an. Nach einem kurzem Augenblick reagiert er wie folgt.

Oh, Grazie, ich bin Italiener, ich lebe hier seit 28 Jahren. Aber, ich muss sagen, das ist mir noch nie passiert!

Was meinen Sie, bitte?

Also: In Italien setzt sich jeder dahin, wo ein Platz frei ist. Aber nicht in Deutschland. In Deutschland gehen die Menschen weiter, wenn nur eine Person am Tisch sitzt, auch wenn noch zwei oder drei Plätze frei sind. Und wenn sich jemand doch zu einer fremden Person an den Tisch

begibt, dann wird nicht miteinander geredet. Hier in Stade wurde ich
noch nie angesprochen, wenn ich allein an einem Tisch saß.

Ich bin bass erstaunt und freue mich insgeheim und klammheimlich, dass ich so italienisch dahergekommen bin: an den
Tisch setzen und quatschen.

Der redselige Italiener dreht jetzt voll auf: Er bestellt eine fette
Flasche Chianti, lässt zwei Gläser hinstellen, ordert für uns beide
eine üppige Platte Antipasti und referiert intensiv und detailliert
über seine Herkunft, seine toskanische Heimat, seine große Familie, seine sieben Bambini und und und. Ich finde keinen Ankerpunkt zum Einstieg in diesen ausschweifenden Monolog, bekomme noch so gerade mit, dass der spendable Italiener noch
weitere Flaschen des köstlichen toskanischen Rebsaftes ordert,
um dann zu erleben, dass ich nichts mehr erlebe, sondern physisch und geistig und überhaupt wegtrete.

Ich wache in einem üppigen und weichgepolsterten italienischen Bett auf. Die Sonne brutzelt am Himmel, durch einen
Schleier entziffere ich mühsam die Uhrzeit: 12:38 h. Allmählich

realisiere ich: Mein Körper befindet sich in einem Hotelbett der edlen Art und es ist der Folgetag. Niemand sonst im Raum. Völlig konsterniert fummele ich nach dem Telefon und wähle die Nummer der Rezeption.

Ja, hallo, ist dort die Rezeption? Ja, sagen Sie mal, also, ich weiß ja nicht, ich bin hier in einem Zimmer und ...

Machen Sie sich keine Sorgen, mein Herr. Gestern Abend hat sie mein Vater hierher gebracht, nachdem Sie sich mit ihm so wunderbar auf dem Marktplatz unterhalten haben. Sie können auf Kosten unseres Hauses ein paar Tage bei uns bleiben. Heute Abend sind Sie eingeladen, meine Schwester heiratet. Wir werden groß feiern, es kommen 200 Gäste. Sie sind doch dabei, oder?

Frau mit Hund

Es ist ein herrlicher Frühlingsabend in Fallersleben. Die Sonne schickt ihre warmen Strahlen in die Straße hinein, die Bäume sind in voller Blüte, die Vögel schmettern ihren Gesang hinaus und ich mache einen eher ungewollten Spaziergang mit meiner Freundin auf dem engen Trottoir. Wäre lieber zu Hause geblieben, vor dem PC mit einer Flasche Rotwein versackt.

Nun ja, wir schlendern so dahin, nicht eingeärmelt, unterhalten uns rege über dies und das, besonders über Das. Der Fußweg wird von uns, breit wie wir sind, voll in Beschlag genommen. Es dauert allerdings gar nicht lange, da nähert sich uns der Gegenverkehr. Wie es sich aus reiner norddeutscher Höflichkeit geziemt, stake ich voran, um den Weg für das entgegenkommende Wesen freizumachen. Meine Frau bleibt einen Fußbreit zurück, ich rede weiter und weiter, weil ich sie direkt halb hinter mir wähne. Und nun das:

Nein, wirklich, Sie haben ja einen tollen Hund! ... Ach, ist der süß! Was ist das für ein Hund? Ein Westie? ... Ach, nein, ist der knuffig!

Träume ich oder höre ich Stimmen? Habe ich in digitalem Alki-Wahn bereits Halluzinationen? Die Hoffnung stirbt zuletzt! Ich blicke mich um und stelle fest: Meine Frau ist weg! Na ja, nicht so richtig fort, aber ca. 32 Meter hinter mir! Stehen geblieben ist sie, während ich weitergetapst bin! Und jetzt schnabbelt sie mit dem Gegenverkehr, ich höre eigentlich nur sie, die Dame, die angesprochen wird, redet so leise, dass ich sie nicht verstehen kann. Meine Frau läuft zur Hochform auf:

Nein, also wirklich, so ein niedlicher Schatz! ... Wo bekommt man ein derart schönes Tier? ... Von glorreichen und erfolgreichen Züchtern aus der Region? ... Ach, das ist ja herrlich! ... Da werde ich doch gleich mal mit meinem Freund ... .

Den Schluss bekomme ich nicht mehr mit. Ich habe die Straßenseite gewechselt.

Später frage ich sie:

Kanntest du die Frau?

Nö.

Kanntest du den Hund?

Nö.

Warum hast du die Frau denn angesprochen?

Sie hatte so einen tollen Hund!

Drei Wochen später in unserem Haus: Wir sind immer noch liiert.

Ich sitze lallend und wabbernd vor dem PC, Körper und Geist mit Rotwein befüllt, Schlafanzug besudelt.

Im Haus halten sich neben meiner Frau noch ca. neun Hunde und 33 Welpen unterschiedlicher Rassen und Herkunft auf. Auf hohem und ausdauerndem Niveau wird 24 Stunden am Tag gekläfft, gebellt, geheult, gekotzt, gebissen und geknurrt.

Die Tür zu meinem Büro im 1. OG ist ständig verriegelt und verrammelt, aus dem Haus steige ich per Leiter in den Vorgarten, den ich mit Stacheldraht eingezäunt habe. Vor dort komme ich per unterirdischem Tunnel direkt in die Garage zu meinem Auto.

Wenn ich mit meinem Fahrzeug in die norddeutsche Tiefebene entfleuche, genieße ich die Ruhe der Natur und das leise Schnurren meiner zwölf Katzen im Fahrzeug.

Herr Friedrichsen

Es ist Sommer im Jahre 1974, Hochsommer, Affenhitze, keine Chance zur Schweißabwehr. Und ihm müsste es gut gehen, tut es aber nicht. Da liegt er nun, abgehärmt, mit dem Rücken gegen den Drahtzaun gelehnt, schniefend, rotzend, müde, mit glasigen Augen die vorbeipreschenden Autos betrachtend. Passanten, vornehmlich Touris, machen wohlweislich einen Bogen um die lumpige Erscheinung mit den offenen Beinen, aus denen Eiter quillt. Ein „Penner" ist er, einer aus dem Hamburger Hafenmilieu, der sich direktemang vor dem Krankenhaus platziert hat und nur darauf wartet, mal wieder aufgenommen zu werden. Sehnsucht nach Station C. Und die Fürsorgepflicht siegt und der nach allen Seiten offene und abgewirtschaftete Mann wird eingeliefert. Denn da draußen kann er sowieso nicht bleiben, und schließlich sind Ärzte zur Hilfe verpflichtet. Herr Friedrichsen ist am Ziel, seine geliebte Station C hat ihn zum wiederholten Mal wieder.

Er ist Kriegsdienstverweigerer (nicht so kriegerisch: Zivildienstleistender = Zivi) auf dem Weg zur Arbeit. Zur heißen und stickigen Spätschicht. Fahrt mit dem dieselgetriebenen Vorortzug, anschließend ab in die vollbesetzte U-Bahn U5 gen Hafen, Anmarsch zum Zirkusweg, Einmarsch ins Krankenhaus, Station C. Hier steht die Luft, Arbeiten ist um 13 Uhr mittags nicht wirklich geil. Geizen mit jeder Bewegung, das ist angesagt. Echt ärgerlich, dass ein Zivi jede Arbeit machen muss, die sonst keiner verrichten möchte. Töpfe schleppen, schwitzende und murrende Körper im Bett umherwälzen, schwergewichtige und nicht sehr beinige Männer aufs Klo durchschleppen. Es gibt jedoch auch abwechslungsreiche, anspruchsvolle und verantwortungsvolle Sonderaufgaben, für die nur ein ausgeschlafener Zivi herhalten kann: Brote schmieren. Tja, in dieser Zeit, wir befinden uns im Jahr des Herrn anno 1974 (s.o.), gibt es noch keine quadratisch-praktisch-guten-Portionen, säuberlich aufgereiht auf einem Tablett –

Abendessen ist handmade, Stullen werden vom Zivi höchstpersönlich angefertigt und an die Mannschaft, sprich: Patienten, verteilt. Und die sind zahlreich auf der „C", 30 Männer, von der Sonne verwöhnt, einige Straßenboys, einer ist Herr Friedrichsen. Und alle liegen in einem riesigen Saal, ein paar hölzerne Schamwände trennen den Raum in überschaubare Einheiten auf. Ein jugendherbergsmäßiger Großraumschlafsaal. Da hört jeder jeden entweichenden Körperton, da spürt man(n) den heißen Atem des Bettnachbarn, die Luft ist durchsetzt mit Schweiß von 30 Körpern, die sich unruhig in ihren Bettkästen hin und her wälzen. Von Ruhe zur Mittagszeit keine Spur.

Und in dieser gereizten hochsommerlichen Männerwelt auf Station C darf sich unser junger Zivi bewähren. Er hat just jetzt seinen Block nebst Bleistift geschnappt, um die ehrenvolle Tätigkeit tapfer anzupacken: die Befragung der Mannschaft durchzuführen hinsichtlich der Wünsche zum Abendessen. Und so funktioniert die alltägliche Prozedur zur Mittagszeit: Der Zivi, nennen wir ihn einfach Egon, geht zum ersten Patienten und hebt an zu fragen:

Na, Herr Friedrichsen, was möchten Sie denn heute Abend essen?

Also, mien Jung, dann bring mir man acht Brote, zwei mit Leberwurst, drei mit Blutwurst, zwei mit Schnittkäse und ein Brot mit Sülze. Und dazu ein kühles Blondes, hähä!

Also, Herr Friedrichsen, jeder Patient kann nur maximal fünf Brote bestellen, und ...

Was heißt denn hier max-dingsbums? Du bringst mir gefälligst acht Brote, zackig ja, und mach hier nich so rum, sondern hin!

Also, Oberschwester Elfriede hat gesagt, ...

Du, pass mal auf, Alter, Egon du, pass auf, dass du nicht eins auf die Glocke kriegst, du verhungertes Würstchen du, ich spring hier gleich auf deine Schweißfüße, und dann wirste mal sehen, du!

Also, Herr Friedrichsen, fünf Brote maximal und Blutwurst gibt's heute nicht, Sie können Mettwurst aus der Dose bekommen und ...

Mensch, du, schaff heute Abend die Sachen ran, sonst schaff ich dich wech, du!

Vorsichtshalber ist Egon, der Zivi, bei den letzten Worten des Herrn Friedrichsen schon zum nächsten Patienten gegangen, auch um einem kräftigen Armschwinger des Herrn Friedrichsen auszuweichen und die Aufnahme der Essenswünsche fortzusetzen.

Und alle, alle im großen Saal haben diesen ergussreichen Dialog zwischen dem Zivi Egon und Herrn Friedrichsen mit spitzen Ohren mitverfolgt und machen nun ihrerseits mächtig Dampf, eine opulente Brotration zum Abend zu erhalten!

Mir sechs Brote mit Schnitzel und Ei, äh!

Pfleger, sieben Brote mit Schinken, Lachs und drei Pullen Bier, aber kühl, klaro?

...

Nach permanentem Abwehrkampf schlurft der Zivi geschafft in die Krankenhaus-Küche, um bei brütender Hitze den Brote-Job auszuführen. Endlich, gegen 15 Uhr, ist das Werk vollbracht, die gelungenen, mit feinem Gemüse garnierten Platten werden mit Alufolie abgedeckt und warten darauf, gegen 17:30 Uhr in den Saal ausgeliefert zu werden. Und dann ist wieder Essenszeit und der Zivi deckt die Platten ab und kurvt mitsamt den Brote-Tellern und den Getränken todesmutig in den Saal hinein. 30 Augenpaare stieren dem Augenblick der Raubtierfütterung entgegen, Essen hat einen grandios hohen Stellenwert in städtischen und sonstigen Heilanstalten. Und Herr Friedrichsen wird zuerst angesteuert, wartet das Abstellen des reichlich gedeckten Tellers auf seinem Nachttisch erst gar nicht ab und fängt sofort an, loszubölken:

He, Pfleger, watt is denn datt für´n Scheiss, eh? Ich seh ja nur sechs Brote und ich hab acht gesagt, acht von den Dingern!

Herr Friedrichsen, also, Sie wissen ...

Gar nix weißt du, Plattfuß, da fehlen zwei Brote und watt is da denn drauf?

Das sind Tomaten!

Die haste wohl auf den Augen, wa, hau ab mit die Scheisse. Und das Brot hier? Was soll datt denn sein? Wurst stammt wohl vom kranken Schwein, was?

Das ist Leberwurst, ist durch die Hitze am Rande nur ein bisschen angelaufen, ist aber gut ...

Gut? Die kannste voll in die Tonne treten, du, mach, dass du weiterkommst, sonst trete ich, aber frag nich, wohin!

Und alle, alle im großen Saale haben diesen ergussreichen Dialog zwischen Zivi und Herrn Friedrichsen mit spitzen Ohren mitverfolgt und prüfen nun ihrerseits kritisch und lautstark die Brotrationen.

Zwei Tage später: Wegen der andauernden und ausufernden Diskussionen über die Brotzufuhr am Abend hat die Stationsleitung beschlossen: Jeder männliche Patient über 28 Jahre erhält jeden Abend neun Brote, vorzugsweise mit Lachs, Hüttenkäse, Kaviar und wahlweise Thunfisch aus der Dose oder Nasi Goreng aus der Tube. Zusätzlich eine Portion Schmerztabletten und drei Püllecken Bier zur Nacht.

Und der Zivi? Er wurde auf die geschlossene Abteilung des Landeskrankenhauses in Ochsenzoll versetzt und hat als Dauerpatient Anspruch auf sechs Scheiben Brot zum Morgen, zum Mittag und zum Abend.

Kokoschka & Kommunikation

Kunstunterricht im Gymnasium bei Dr. Wais. Es ist Nachmittag, trüber Novembertag Anfang der 1970er. Wir sind der Ausfluss der 68er, ziemlich nonkonformistisch, denke ich. Nun befassen wir uns pflichtgemäß mit Leben und Werk von Oskar Kokoschka, kann auch Wassily Kandinsky gewesen sein. Auf jeden Fall Kunst.

Und da ist der Schüler mit den feuerroten Haaren und dem riesigen Vollbart, Marke Revoluzzer – und der spielt ein Instrument, nicht Schlagzeug, nicht Gitarre, nein – Geige! Das hätte ich diesem strammen Kerl bei Gott nicht zugetraut!

Und dann reden wir über uns, jeder darf ausreden, wir unterbrechen oder kritisieren nicht, wir lassen jedes Statement unkommentiert stehen.

Die Tür öffnet sich, Dr. Wais lugt in den Raum:

Kommen Sie voran, meine Herren?

Unser gemeinschaftliches Nicken fällt vorzüglich aus und Dr. Wais macht sich vom Acker.

Und der Zauber ist verflogen. Die Doppelstunde Kunst ist vorbei. Leben und Werk von Kokoschka, kann auch das von Wassily Kandinsky gewesen sein, bleibt unbearbeitet liegen.

Ich gehe am späten Nachmittag ganz bedrömmelt zum Bahnhof und fahre sehr nachdenklich nach Hause.

Komm doch mal rüber!

1999, endlich Urlaub! Ab in den Süden. Bis in den Schwarzwald schaffen wir es, meine Frau und ich. Mehr gibt das Budget nicht her. Aber wir wollen nicht schwarz sehen oder malen. Das Wetter ist phantastisch, es ist bullenheiß, wir wollen Erholung und Spaß. Und unserem nassen Hobby frönen: Schwimmen, und zwar öffentlich im Freibad. Und das im herrlichen Glottertal: Pack die Badehose ein (den Badeanzug wohl auch) und flugs geht's dem feuchten Nass entgegen. Und weil wir vorsichtige Zeitreisende sind, wird nur wenig Knete in die Badeanstalt getragen. Wir machen keine Anstalten, Kreditkarten oder anderes Zeugs mitzunehmen, weil dieser neumodische Kram uns unheimlich ist und weder in die Tüte geschweige denn in die Badetasche kommt. Wir baden und baden und genießen im herrlich temperierten Wasser den Nachmittag. Dummerweise verspüren wir nach überschaubarer Zeit etwas: Hunger, in drängender Begleitung von Durst. Üble Mischung, da ist Eile angesagt, um die Quälgeister zu besänftigen. Und wie es sich so ergibt, fällt mir das Café am Glottertalhang ein, das ich bereits aus den 1980er Jahren kenne. Damals hatte ich mit drei Männern den ganzen Nachmittag bis in den Abend bei Wein und Vesperplatte wild gezockt. Abgefüllt und heiter ließen wir uns dann von der treuen, aber äußerst mürrischen Ehefrau von Otto abholen und zum Quartier kutschieren. Die anderen Ehefrauen warteten schon in der Herberge. Der Abend verlief völlig unheiter.

Aber nun bin ich mit meiner Angetrauten ganz feurig auf dem Weg nach oben. Das Café am Steilhang bietet einen phantastischem Aus- und Einblick auf und in das Tal. Aber welche Enttäuschung! Der Laden ist im Außenbereich rammelvoll, in die Hütte marschieren, und dort den Abend in stickiger Atmosphäre zu verhudeln, das geht ja gar nicht. Ich will weg, woanders unser Glück versuchen. Meine Frau späht umher und entdeckt ein winziges und offenbar freies Plätzchen auf einer Bank. Zielstrebig marschiert sie drauflos, ich schlurfe extrem lustlos und träge, überwältigt von Hunger- und Durstpein, hintendrein. Meine Holde fragt wohl die sitzende Gesellschaft, ob der klitzekleine Bereich auf der Bank noch frei sei. Sie gibt mir ein Zeichen und wir lassen uns zackig neben der lustigen Gemeinschaft nieder. Ich sitze auf dem äußersten Rand der langen Bank gewissermaßen auf der Abrisskante, jeden Augenblick um meine Gesundheit bangend. Wir klopfen unsere Taschen nach Geld ab, um einen üppigen Abend zu genießen. Zum Vorschein kommen 10 Deutsche Mark (für die Spätgeborenen: Umgerechnet sind das 5,11 EUR). Lähmende Ernüchterung setzt ein, jeder von uns kann sich einen Schoppen genehmigen und Schluss. Durst wird möglicherweise verdrängt, Hunger muss irgendwie betäubt werden. Der herrlich kühle Spätburgunder Weißherbst wird angeliefert und wir müssen uns arg beherrschen, das süffige Traubengetränk nicht in einem gewaltigen Schluck hinunterzustürzen. Nun genießen wir von unserer schmalen Sitzfläche aus den gigantischen Ausblick auf das Tal und lassen uns von der wärmenden Abendsonne verwöhnen. Frieden kehrt ein, schöner kann es nicht sein. Ein fürchterlicher Irrtum!

Nu, Sie reden aber komisch! Wo kommen Sie denn her?

Es ist meine kommunikativ aufgeladene Frau, die abrupt unsere wohlige Genügsam- und Zweisamkeit durchbricht.

Ha noi, Sie schwätzen aber auch merkwürdig. Wir kommen aus dem schönen Schwabenland. Und Sie?

Aus der Schwimmanstalt. Und davor aus Norddeutschland.

Ach du meine Güte!

Der Schlagabtausch ist voll entbrannt und ich bin ja schon froh, dass mich die Rundschläge nicht erwischen. Aber es geht unblutig ab und langsam dämmert mir: Das kann ja heiter werden. Wird es auch. Meine Frau fragt sich durch, jetzt ist eine füllige Dame so um die 34 ihr Opfer.

Und Sie? Woher kommen Sie?

Aus der Klinik da unten im Tal. Ich bin bekloppt.

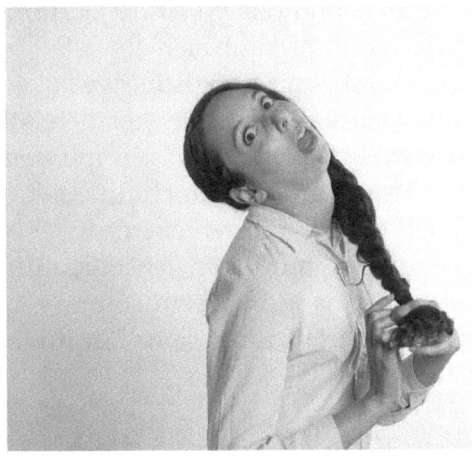

Schweigen, kurzes, betretenes Schweigen. Dann brechen die Dämme und die Lachmuskeln werden aktiviert. Die „Bekloppte" erläutert.

Ich hab's mit den Nerven. Deshalb bin ich da unten in der Klinik eingewiesen.

Wir sind jetzt alle so richtig in Fahrt und wenn es am schönsten ist oder wenn die Geldbörse leer ist, ist es Zeit zu gehen. Wir erklären feierlich, dass wir uns von hinnen machen müssen, da zum einen Glas leer und zum anderen unser Geldbeutel auch nichts mehr hergibt. Und wir wollen ja nicht als Zechpreller in die Annalen des Glottertals eingehen.

Ihr bleibt hübsch hucken, ihr trinkt mit uns weiter, weglaufen gilt nicht, ich bezahle euren Wein.

So der Schwabe.

Und so geschieht es. Der Abend wird sehr nass und lauschig und wir können nicht mehr rekapitulieren, wie wir den Weg zum Auto und zur Herberge gefunden haben.

Nach diesem berauschenden Abend haben wir unser Geschäftsmodell entwickelt: Wir marschieren jetzt nur noch mit schmalem Geldbeutel los und lassen uns in den besten Restaurants von freundlichen und spendablen Fremden üppig bewirten. Immer mit dem gleichen Trick: Wir erzählen, dass wir ins Freibad nur wenig Penunse mitgenommen hätten und die Biege machen müssten, da unser Geld nach dem ersten Getränk völlig aufgebraucht wäre.

Es hätte unendlich so weitergehen können, aber dummerweise hat ein uns völlig unbekannter Zeitgenosse ganz unverfroren unsere Geschäftsidee kopiert und rücksichtslos in die Praxis umgesetzt: Neulich blieben wir auf einer Rechnung von 437,25 EUR sitzen.

Die traurige Oma

Greta, die Enkelin, 2 Jahre alt, wohnt mit ihren Eltern und ihrem Bruder Peter, 4 Jahre alt, in Wuppertal. Die geliebte Oma aber nicht, die haust in einer 1,5-Zimmer-Wohnung in Berlin-Marzahn. Die Oma ist aber noch flott und pfiffig und auch berufstätig. Sie arbeitet als Verkäuferin in Vollzeit in einem Berliner Supermarkt.

Aber jetzt ist Freitagnachmittag, und die Oma beendet ihre anstrengende Knochenarbeit und hastet mit ihrem Köfferchen zum Hauptbahnhof, um den Zug nach Wuppertal zu erwischen, der sie zu ihren vergötterten Enkelkindern bringen soll.

Es wird ein traumhaftes Weekend: Greta und Peter fahren, wie immer, voll auf die Oma ab. Die ist schon am Samstagmittag von der langen Anreise am Vortag, die mit heftigen Verspätungen garniert war, und dem frühen Aufwachen am Samstagmorgen, restlos geschafft, denn: Greta und Peter rütteln die Oma schon um 5 Uhr unsanft aus dem Schlaf, und halten ihr drei Bilderbücher vor das verquollene und verschlafene Gesicht mit der freundlichen Aufforderung:

Oma, lesen!

Und die Oma liest um ihr Leben, und die aufmerksamen Enkel achten wie die Schießhunde auf jedes Wort.

Oma, das hast du gestern so nicht gelesen!

Die Oma stutzt, reibt sich die Augen, stellt fest, dass sie ein Wort nicht richtig betont hat, und hastet weiter durch den Text. Nach zwei Stunden sind alle Kinderbücher ausgelesen, die Kinder schwirren ab und die Oma kann ansatzweise den verlorenen Schlaf nachholen.

Und nun ist Sonntag herangerauscht und die Oma muss wieder zurück nach Marzahn in ihre beengte 1,5-Zimmer-Wohnung. Im großen Garten bei bestem Sonnenschein senkt sie Augen und Stimme, schaut ihre Enkel gequält und mit Tränen in den Augen an und müht sich zu diesem Statement durch.

Greta und Peter, ich bin soooo traurig!

Warum bist du traurig, Oma?

Das fragt Peter.

Na, weil ich wieder nach Hause fahren und morgen arbeiten muss.

Oma, du musst nicht traurig sein, du kommst ja wieder.

So Greta.

Jetzt gibt es kein Halten mehr: Die Oma heult hemmungslos los und schleppt sich alsbald schniefend und wimmernd zum Wuppertaler Hauptbahnhof. Aber kurz bevor sie in den Zug steigen muss, durchzuckt sie ein revolutionärer Gedanke. Ein breites Grinsen erleuchtet ihr Gesicht.

Zehn Jahre wundern sich Greta und Peter und ihre Eltern, dass die Oma jedes Wochenende zu Besuch kommt, beim Abschiednehmen nicht mehr ihren Tränensack öffnet, ja sogar mit einem süffisanten Lächeln abschwirrt. Und dann wird ihr Geheimnis offengelegt: Eines Tages treffen der inzwischen 14-jährige Peter und seine 12-jährige Schwester die Oma an einem Mittwochmittag in der belebten Wuppertaler Fußgängerzone.

Oma, du? Was machst du denn hier? Bist du gar nicht in Berlin, musst du nicht arbeiten?

Die Oma lädt ihre Enkel in das beste Café der Stadt zu Limo und Kakao ein und startet ihre Beichte:

Ach, Greta und Peter, ich hab's vor 10 Jahren nicht mehr ertragen, euch nur alle vier Wochen zu sehen. Und dann immer die elendig lange Anreise von Berlin! Da hab ich meinen Job in Berlin gekündigt, mir eine Stelle in einem Modegeschäft in Wuppertal gesucht und gefunden und eine aparte Wohnung mit Blick auf die Schwebebahn gemietet. Und wenn ich euch besuchen wollte, musste ich nur zwei Minuten zur Bahn gehen und war nach weiteren 15 Minuten bei euch. Und so konnte ich euch jedes Wochenende ganz schnell besuchen.

Oma, warum hast du uns denn nichts gesagt, dass du bereits seit 10 Jahren bei uns um die Ecke wohnst?

Na, Greta, mir hat das ausgesprochen gut gefallen, wenn du oder der Peter gesagt hast: Oma, du musst nicht traurig sein, du kommst ja wieder. Und nun schwebe ich seit zehn Jahren zu euch.

Der Computer und die Ehefrau

Ein durchdringender Schrei donnert am trüben Novembermittag durch alle Räume des komfortablen Einfamilienhauses:

Meine Daten, wo sind meine Daten? Verflucht, was ist hier passiert?

Der Ehemann verliert offenbar die Nerven, hastet nach unten in die Küche, schenkt sich einen Herzinfarktkaffee ein, der seit zwei Stunden auf der Warmhalteplatte der Kaffeemaschine brutzelt, nimmt einen üppigen Schluck, verzieht das Gesicht zur Grimasse und spurtet in sein Büro im 1. Stock zurück. Stellt die immer noch randvolle Tasse in respektvollem Abstand zum PC und zur Tastatur ab und widmet sich hingebungsvoll seinen vorhandenen oder vermeintlich verlustig gegangenen Daten. Er wühlt sich durch die Tiefen des Rechners und schickt Suchbefehle im Sekundentakt ab. Zweieinhalb Stunden und vier Tassen Kaffee später ist er nicht einen Schritt vorangekommen. Da erreicht ihn ein Ruf auf dem Erdgeschoss.

Schatz, das Mittagessen ist fertig. Kommst du, bitte?

Ja, ich komme gleich, ich muss nur noch schnell etwas probieren.

Und wieder nimmt er seine hingebungsvolle Tätigkeit auf und versucht mit verzweifeltem Elan, sein Ziel zu erreichen. Nach fünfundzwanzig Minuten vernimmt er wieder einen Ruf aus der Küche:

Egon, nun komm endlich, die Kinder sind aus der Schule zurück, das Mittagessen steht auf dem Tisch.

Ja, ja, ich hab doch gesagt, dass ich gleich komme!

Nicht GLEICH, JETZT!

Der Ehemann Egon zieht es vor, lieber nicht zu antworten. Genervt durch Ehefrau und EDV haut er erbarmlos auf die Computertastatur ein, als könne durch verstärkten Tastendruck die Lösung seines Problems herausgepresst werden.

Egon!!!! Wir warten nicht mehr, komm endlich!

Aber Egon ist zu konzentriert, um noch antworten zu können. Er hastet weiter durch den Daten-Dschungel. Stunde um Stunde geht das so weiter. Die Dämmerung bricht herein, er hört leises Gemurmel im Haus, eine Tür klappt zu und wie aus dem Nichts kommt ihm die Erleuchtung: Seine hochsensiblen Daten hatte er vor zwei Wochen auf eine externe Festplatte ausgelagert und anschließend den Datenbestand auf dem PC gelöscht. Hastig fieselt er die Festplatte aus der Schrankschublade heraus, schließt sie am PC an und bricht in Jubelschreie aus:

Schatz!!!! Ich habe meine Daten gefunden!

Er erhält keine Antwort.

Er schnappt sich seine Kaffeetasse, in der sich noch ein winziger Rest an erkaltetem Kaffee befindet, trinkt den Rest beim Heruntergehen hastig aus und kommt in die Küche. Er ist sehr erstaunt, dass niemand da ist. Dann erblickt er den Zettel auf dem Küchentisch. Es ist ein kurze Notiz seiner Frau.

Deine Daten sind weg und ich und die Kinder auch.

Egon zuckt nur mit den Schultern und murmelt:

Also, meine Daten hab ich wieder, und das ist ja wohl das Wichtigste!

Tastatur mit Limo

Ich bin ein Computerfreak. Das hat sich herumgesprochen. Ist nicht lustig, denn wenn der Nachbar, mit dem ich noch nie etwas zu schaffen hatte, unangemeldet und drängend auf mich zustürzt und mir sein Leid mit seinem Steinzeithandy klagt, und ob ich helfen könnte – dann, ja dann kommt weder klammheimliche noch sonstige Freude auf. Und wehe, man findet den falschen Einstieg in ein wünschenswert kurzes Gespräch:

Also, ich sach mal: Kaufen Sie sich ein modernes Smartphone!

Jetzt ist natürlich die eh überschaubare gute Nachbarschaft im Eimer! Kann mir ja nur recht sein, ein Quälgeist weniger!

Aber wie ist das mit EDV-Unterstützung für langjährige Freunde? Da ist Sensibilität gefragt und da denke ich natürlich sofort an meine Frau, die kommunikativ gesehen eine wahre Sprachbombe ist. Aber leider versteht sie nichts von Bits und Bytes, also sind wir wieder bei mir.

Eines Tages ruft mich Karl an und ich merke sofort seine panikhafte Attitüde.

Sach mal, kannste mir helfen? Ich muss am PC dringend die Steuererklärung erstellen und diese dämliche Tastatur funktioniert einfach nicht!

Was ist denn damit?

Ich kann Buchstaben eingeben, aber der gesamte numerische Tastenblock reagiert nicht auf meinen Tastenanschlag.

Tja, nun könnte ich ja meinem Freund den Ratschlag geben, den ich dem nervigen Nachbarn verpasst habe:

Kauf dir eine neue PC-Tastatur!

Aber diese Antwort hätte sofort zwei schlimme Folgen: Erstens wäre die Tastatur immer noch im Eimer und zweitens unsere Freundschaft auch. Also starte ich mein strukturiertes Verhör, um die Ursache für den misslichen Zustand herauszufinden. Ich frage und frage, ich bekomme Antwort um Antwort und das Resultat ist: keine Lösung. Ich verspreche Karl, dass ich mich kümmern werde, beende das Gespräch und schwinge mich in meinen Bürostuhl, schalte meinen Rechner an und ackere mich durch die Tiefen des WWW, um eine Antwort auf das hässliche Problem meines Freundes zu finden, der von mir eine schnelles Ergebnis erwartet. Ich sitze stunden- und nächtelang vor meiner Maschine, verpasse den Urlaub auf den Seychellen, den meine Frau nach Wutausbruch und Türenknallen alleine angetreten hat, reiche, weil ich immer noch am Recherchieren bin, kurzfristig drei Tage Urlaub bei meinem Arbeitgeber ein ... Da erreicht mich der Anruf von Karl. Ich mag das Telefongespräch gar nicht annehmen, zwinge mich dazu und gehe sofort in die Offensive.

Hi Karl, also ich habe, ich wollte ...

Alles gut, alles roger, ich habe die Lösung!

Ich bin schockiert: Er hat das Problem mit seiner Tastatur behoben?!

Ja, also, vor zwei Tagen hatte ich ein dynamisches Gespräch mit meinem Sohn. Erst hat er ja heftig geleugnet, dann hat er doch gestanden: Er hatte sich an meinen Rechner gesetzt und ein Glas mit einer superklebrigen dunklen Brause neben die Tastatur gestellt. Diese war nach rechts abgesenkt, weil ein Stelzfuß im Bereich der numerischen Tastatur eingeklappt war. Jetzt fiel das Glas um und ein Teil des Getränks lief in den numerischen Bereich hinein. Und ruckzuck verklebte eben dieser und war damit nicht mehr zu gebrauchen. Die übrigen Tasten waren von diesem Malheur nicht betroffen. – Ich hoffe, du hast dir nicht zu viele Gedanken wegen des Problems gemacht?!

Ach, nee, du, alles gut!

Nach dem Ende des Gesprächs rufe ich sofort meinen Leib- und Magenpsychiater an, um mein freundschaftlich wertvolles Helfersyndrom behandeln zu lassen. Dabei erwähne ich selbstredend, dass sich meine Frau völlig verärgert auf die Seychellen gemacht hat. Er meint staubtrocken:

Reisen Sie ihr nach!

Gesagt, getan, Flug gebucht und ab dafür. Ich treffe sie im Nobelhotel in Victoria an und erfahre von ihr, dass sie in diesem Haus angeheuert hat und keine Neigung mehr verspürt, ins kühle Soziallabor D zurückzukehren.

Der Computerkauf oder: Preise fallen

Die fünf Männer kommen einmal die Woche zusammen. Jeden Dienstag. Sie verabreden sich seit vielen Jahren in der hiesigen und altehrwürdigen Dorfkneipe „Prigges Gasthof". Da sitzen sie nun an einem lauen Frühlingsabend aufgereiht auf viel zu schmalen Barhockern und lassen sich wie üblich den Gerstensaft kredenzen. Sie nennen sich „Bierchenstammtisch".

Harald, genannt Harro der Sportliche, bestellt sich – same procedure as last Dienstag – sein geliebtes Bauernfrühstück, aber ohne Tomaten, bitteschön, dafür mit Kochschinken, aber sonst ohne Wurst, statt der Gurken noch ein Ei dazu usf. Heraus kommt „Haralds Spezialteller", und der feiste Wirt und Koch in Personalunion gähnt gelangweilt, er kennt dieses Szenario seit vielen Jahren.

Die fünf Männer teilen sich so auf: Drei der „Mitte-Vierziger" (Wolfgang, Gerhard und Reinhold) arbeiten in einem großen deutschen Automobilunternehmen („das Werk"), Wolfgang in der Forschung & Entwicklung, Gerhard und Reinhold in der Qualitätssicherung.

Der vierte Mann im Bunde ist besagter Harald, Geschäftsführer in einer mittelständischen Firma, die Feinstrumpfhosen für die Damenwelt produziert. Und Berthold ist Oberstudienrat an einem örtlichen Gymnasium.

Man hat sich jede Woche viel zu erzählen. Die Gespräche haben immer ein Grundsatzthema: Verdienen Wolfgang, Gerhard und Reinhold das, was sie verdienen, oder sind sie glatt überbezahlt, ist das gesamte Automobilunternehmen schon am Abgrund, und überhaupt: Es sind viel zu viele Mitarbeiter an Bord des Werkes. Und er, Harald, muss so wahnsinnig schuften für weniger Geld bei überbordender Verantwortung, und Berthold mit seinen fünf Kindern ist immer schon der Meinung gewesen, dass die Mitarbeiter im Werk sowieso und schon immer horrormäßig zu viel verdienen. Derartige bierselige Kommunikation rutscht häufig in lautstarke Auseinandersetzungen ab und die Gesichtsfarbe der anwesenden Stammtisch-Herren hin zur „Röte des Zorns" verändert sich proportional zum Heftigkeitsgrad der vom Alkohol befeuerten Debatte.

Aber heute ist alles anders. Reinhold will aufrüsten. Was andere bereits haben, auch er giert jetzt danach: allzeit bereit im Haus mit freundlicher Unterstützung eines hochmodernen Computers. Nicht dass Reinhold technikfeindlich wäre, oh nein, ganz im Gegenteil: Technik bedeutet ihm alles.

Also, der rüstige Reinhold erklärt nun der Männerschar seine ausgeklügelte EDV-Strategie:

So, ich werde mir demnächst einen Computer kaufen.

Kurzes, heftiges Staunen und wohlgefälliges Biergrunzen der vier Männer.

Ach, was!
Das war Gerhard, bekannt für seine trockenen und manchmal recht knappen und freudlosen Kommentare.

Hast du schon einen bestimmten Rechner im Visier?,

fragt Wolfgang.

Ja, natürlich, eigentlich wollte ich heute schon den MEGA-POWER-TOWER aus dem „Schnellkauf" ordern.

Ja, und? Warum hast du das nicht getan? Haben dir die technischen Details nicht gefallen?,

forscht Harald nach.

Och, nee, eigentlich sind die Werte sehr gut. Große Festplatte, ausreichend Arbeitsspeicher, superschnelle Grafikkarte, viele Schnittstellen und ...

Ok, haben wir verstanden, aber warum hast du denn nicht gleich das Gerät mitgenommen?,

fällt ihm Oberlehrer Berthold ins Wort.

Dieses Angebot ist doch zeitlich begrenzt!

Ja, nee, also, wisst ihr, die Preise werden noch fallen, da warte ich lieber.

Eine Woche später, gleicher Ort, gleiche Männerschar, gleiche Getränke, gleiche Speisen, gleiches Thema.

Na, Reinhold, haste den PC gekauft?

Ja, nee, also, wisst ihr, die Preise werden noch fallen, da warte ich lieber.

Eine Woche später, gleicher Ort, gleiche Männerschar, gleiche Getränke, gleiche Speisen, gleiches Thema.

Na, Reinhold, haste den PC gekauft?

Ja, nee, also, wisst ihr, die Preise werden noch fallen, da warte ich lieber.

Neunundzwanzig Wochen später, inzwischen ist der Winter in das Land eingebrochen.

Na, Reinhold, haste den PC gekauft?

Ja, nee, also, wisst ihr, die Preise werden noch fallen, da warte ich lieber.

Im neuen Jahr besteht der Bierchenstammtisch nur noch aus drei Mitgliedern, denn:

Stammtischbruder Gerhard liegt mit nervösen Magenbeschwerden im Krankenhaus und Harald musste seine gutbezahlte Stelle als Geschäftsführer aufgeben, weil er tagsüber in der Feinstrumpffirma ausdauernd laut und hemmungslos von fallenden Preisen schwadronierte und ein erhöhtes Sicherheitsrisiko für das Ansehen des alteingesessenen Familienunternehmens darstellte. Heute lebt er zurückgezogen mit seiner betagten Mutter auf einem niedersächsischen Bauernhof.

Und Reinhold? Er hat sich keinen Computer gekauft, sondern sein Geld in die technische und optische Weiterentwicklung seiner Regenwasserpumpe gesteckt.

Ruf doch mal an: AB

Britta ist um die sechzig, eine dralle Erscheinung, man ist versucht zu sagen: möppelig. Und so gemütlich. Freundlich, Typ Mutter. Britta liebt das gute Essen und die süßen Nachspeisen, die so nachhaltig die Figur verbiegen. Und sie mag die seichten, sanften Gespräche.

Eines Tages schlägt in unserem Haus die Technik in Gestalt eines AB erbarmungslos zu. AB steht für Anrufbeantworter. Kein Sportwagen unter den ABs, aber immerhin Golfklasse, nicht digital, aber funktional. Also die Gebrauchsanweisung herausfieseln, Text studieren und interpretieren und Einigung mit meiner Frau herbeiführen, wer auf den AB sprechen darf. Schließlich beschließen wir, im Wechsel unsere Stimmen auf dem Gerät erklingen zu lassen.

Dies ist der erste Schritt, dann folgt Aktion Zwei: Freunde aufklären, dass in unserer kleinen Welt eine wesentliche Änderung eingetreten ist, nämlich, dass wir jederzeit durch einen neuen Hausbewohner vertreten werden.

Britta wird auch eingeweiht und reichlich ungemütlich:

Da spreche ich nie drauf, so was kann ich nicht leiden. Immer nur Technik. Da hört man dann so eine blecherne Stimme. Wohin soll das nur führen? Igitt!

Es ist so weit: Wir lauschen den ersten Aufzeichnungen, die der AB eingefangen hat, und erstaunlicherweise sind alle unsere Freunde mit ihm ausgezeichnet klargekommen, das Verständnis ist da, gewissermaßen sind AB und Anrufer Freunde geworden. Und uns freut´s, unser neuer Hausgenosse hat uns würdig vertreten. Ab und zu hört man nur ein KLONG und sonst nichts. Aufgelegt. Und Tage später Brittas Geständnis:

Da rufe ich euch einmal an und wer meldet sich: euer Anrufbeant-
worter! Da habe ich gleich aufgelegt, da spreche ich nicht drauf.

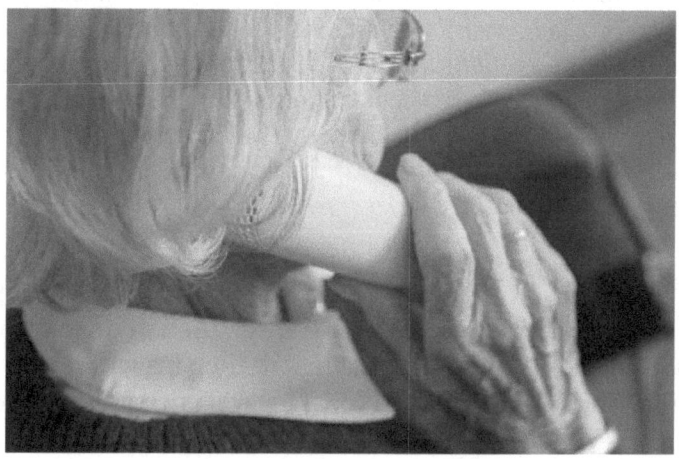

Wir bearbeiten Britta, erklären ihr die Segnungen der neuen Technik, versuchen, ihr etwas dünn ausgeprägtes Selbstbewusstsein aufzupäppeln, der Fortschritt ist nicht aufzuhalten und so, es nützt nichts, es gibt auch in den nächsten Wochen dieses hässliche KLONG, Britta was here.

Viele Monate und reichlich eindringliche Gespräche mit Britta später. Britta erschließt sich partout nicht der Mehrwert des AB. Wir resignieren, packen uns und unsere brüchigen pädagogischen AB-Überzeugungsversuche ins neue Automobil und reisen für drei Wochen gen Süden. Wir vergessen „ihn".

Und diese Zeit stürzt dahin und wir nach Hause, und kaum steckt der Schlüssel im Schloss, freuen wir uns auf den AB und die freundlichen Meldungen, die gesammelten Aufzeichnungen von drei Wochen. Druck auf den Wiedergabeknopf, zurücklehnen und lächelnd entspannen – und dann das:

Ja, also, ich merke schon, ihr seid mal wieder nicht zu Hause. Tja. Ich weiß ja nicht, was ich sagen soll. Eigentlich möchte ich gar nicht auf diesen furchtbaren Anrufbeantworter sprechen. Ich unterhalte mich doch lieber mit euch, aber ihr seid ja nicht da. Wer weiß, wann ihr wiederkommt. Na, ja, es gibt nicht so viel zu erzählen. Also, was ich noch sagen wollte, der Gerd, der ... Und wisst ihr überhaupt, was Heike macht? Die hat doch tatsächlich einen neuen Freund, und der ... Ach, und hab ich euch übrigens von Elfriede erzählt, die ... Nein, und ihr glaubt ja gar nicht, was ich gestern gehört ...

KLONG! Das war Britta und sonst niemand! Bandende erreicht! **Ein** Anruf in drei Wochen! Wir schauen in unsere eingefallenen Gesichter, packen erneut unsere Siebensachen und düsen zum Erholungsurlaub an die Nordsee. Als wir nach drei Wochen wieder unser Heim betreten, schauen wir gespannt, ob der AB blinkt – ja, das Signal zeigt an: Hier hat jemand auf den Apparat gesprochen! Meine Frau stürzt zum Apparat, reißt heftig am Leitungskabel, Kabel und Steckdosenfassung fliegen heraus, meine Frau nimmt das ganze Gedöns mit AB und schleudert alles in den Restmüll.

Er ist wieder da

Eine gelbe Erscheinung im fahlen Novemberlicht, allein weit und breit. Harrt auf Kunden, die ihre Dienste in Anspruch nehmen. Ist offen für jedermann und jede Frau, der/die das nötige Kleingeld in der Tasche trägt. Fragt nicht nach, immer stets zu Diensten. Starr und steif steht sie gegenüber dem Internatsgebäude für heranwachsende und pubertierende Jungen, abwartend, lauernd, immer bereit, der Türöffner für einsame und mitteilungswillige, pickelbesetzte Boys zu sein: die Telefonzelle!

Ich wohne in der Fuchtelstrasse in einem platten, niederdeutschen Provinznest. Die Luft saugt sich täglich mit den Ausdünstungen von Schweinen, Hühnern und allerlei Viechern voll. Ich nenne die Region „Schweineland" oder das „Bayern des Nordens".

Wir leben zu fünft im Haus, Wohngemeinschaft mit Elfriede, Maria, Josef (Jesus ist nicht da!) und Irmgard. Meine Freundin harrt aus in Braunschweig, sie studiert dort und ich soll zwei Jahre lang meine Ausbildung in der schweinischen Diaspora durchfechten.

Wir haben das Haus kurzfristig von einem durchtriebenen Immobilienmakler zur Miete angeboten bekommen. Nun sind wir „drin", und unsere kleine Welt ist alternativ angehaucht, so abgefahren, dass wir den Kontakt zur Außenwelt nur mit Trommeln (Josef hat Bongos!) oder mit einem fünfminütigen Fußmarsch zur nächsten gelben Telefonzelle knüpfen können.

Und meiner Freundin will ich nicht mit Trommeln die Gehör-
muscheln strapazieren, also marschiere ich am grauen Novem-
berabend kurz vor 22:00 Uhr zur Zelle, ein Liedchen der „Neuen
Deutschen Welle" trällernd. Ziel: Mondscheintarif nutzen! Ab 22
ist es erheblich billiger zu telefonieren (die Älteren wissen, was
ich meine!). Da steht sie, gelbe Erscheinung im fahlen Novemberlicht, und harrt meiner! Und gerade bin ich im Begriff, einzustei-
gen, da sehe ich ihn: den jungen schlanken, schwarzhaarigen
Mann, der die Zelle besetzt hat und mit viel Fuchtelei und Ge-

sprächsgeblubber meinen stürmischen Drang nach Telefon-Kommunikation jäh bremst. Ich bin in der Warteschleife gelandet! Demonstrativ-provokativ stelle ich mich nahebei an die Zellenwand, Druck aufbauen. Liebesgesäusel dieses Schnösels erdrückt bald meine Gehörnerven. Irgendwann guckt er endlich mal zur Seite, registriert mich nur flüchtig und flötet weiter. So langsam wuselt sich die Novemberkälte mit feuchten Lippen zwischen Sommersocken und zusammengerollten Zehen und krabbelt stoßweise die Waden hoch. Der Kerl muss Schluss machen oder ich mache Schluss ... Und da verlässt er schwungvoll, aufgeheitert und ohne mich eines Blickes zu würdigen die Zelle und ich entere die Behausung, um meine Säuselminuten abzuleisten.

Der nächste Abend, gleiche Zeit, Wetter nasskalt, bin auf dem Weg zur Zelle – und lande erneut in der Warteschleife, der junge Schnösel vom Vorabend säuselt wieder in höchsten Tönen. Dieses Mal realisiert er mich früher, schaut einmal, zweimal zur Seite, irgendwann im Laufe seiner Liebesbeichte ein drittes Mal. Und, prickelndes Erstaunen bei mir, er verlässt schneller als am Vorabend die Liebeszelle und ich stürze mich durchgeschlottert hinein.

Und am nächsten Abend das gleiche Spiel! Ausharren, Druck ausüben, sich durchfrieren lassen. Aber dieses Mal ist alles anders! Der Säusel-Schnösel bemerkt mich alsbald, schaut resignierend in mein von aufkommenden Frostbeulen zerzaustes Bartgesicht und sabbert entnervt an die Adresse seiner Partnerin in die Sprechmuschel:

Er ist wieder da!

Nur eine dreiviertel Minute später steigt er entnervt der Zelle und schlurft mit hängenden Schultern heimwärts, während ich

grinsend-triumphierend die Zelle entere und genussvoll zum Hö-
rer greife und dem Mond danke!

Und am nächsten Abend marschiere ich in der grauen Novemberkälte kurz vor 22:00 Uhr zur Zelle, ein Liedchen der „Neuen
Deutschen Welle" trällernd und die Zelle ist frei und ich beginne
mit der Säuselei und ich schaue zur Seite – und **ER** ist wieder da!

Die Affen von Hodenhagen

Irgendwo oder nirgendwo in Afrika, da könnte er sein, dieser Park, ist er aber nicht, sondern kühl kalkuliert liegt er großflächig in der norddeutschen Tiefebene, bevölkert von reichlich wilden Tieren. Und PKWs und Reisebusse können ihn im Schritttempo durchfahren, um verstädterte Insassen subtropisch-animalische Gerüche und Geräusche schnuppern zu lassen – natürlich bei geschlossenen Wagenfenstern, könnte ja sonst etwas oder sonst wer hineingrapschen.

Die Familie hat sich aufgestellt, Fresspakete und Trinkflaschen sind im Kofferraum des nigelnagelneuen Konzernfahrzeugs gebunkert, die letzten Stressphasen vor der Abfahrt werden noch rasant abgewickelt und der Sonntagsausflug bei strahlend schönem Juliwetter kann beginnen. Die drei Kinder auf den hinteren Bänken im Alter von 12, 10 und 5 Jahren sind aufgeregt und plappern fast schreiend wie aufgescheuchte Vögel durcheinander und ununterbrochen drauflos, ein Machtwort des angenervten Fahrers (er, der Vater, wäre lieber zum Fußball und zum anschließenden Frühschoppen getigert) stoppt den Wortausstoß der Knirpse nur kurzfristig. Die Mutter, sowieso kindorientiert und reichlich happy, die ganze Familie zusammenzuhaben (Vater, der Leitwolf, sonntags endlich mal nicht auf dem Fußballplatz!), greift hin und wieder sanftmütig beruhigend wie eine Henne in aufkeimende Unruhe- und Aggressionsgelüste ein und sorgt insgesamt für eine stressfreie Zone im Autogehege.

Und dann sind sie da, vor dem Freilufttierpark in Hodenhagen! Bei der Bezahlung (nächster Schock: rasante Preise!) darf die Fensterscheibe noch unten sein, nach dem Passieren eines Sicherheitstores geht nichts mehr: Türen und Fenster schließen, dieser Wagen ist besetzt! Gebläse auf volle Leistung, die Hitze ist schon am frühen Morgen unerträglich, der Schweiß verteilt sich ordnungsgemäß über den ganzen Körper, die Geruchsnerven werden malträtiert und die Kids fangen an zu blöken:

Mama, wo sind denn die Tiere?

Die kommen gleich, schau, da hinten ist gerade eine Giraffe zu sehen!

Ich will aber keine Giraffen sehen, ich will Löwen sehen!

Ja, mein Kleines, die sehen wir auch bald!

Wann ist denn bald?
...

Der Vater, angefressen durch die prall ansteigende Hitze im viel zu engen Fahrzeug, durch pausenloses Fragen-Trommelfeuer und seine verpasste Chance, das wichtige Heimspiel seines Lieblingsvereins zu besuchen, bölkt dazwischen:

Diese blöden Viecher werden ihr schon rechtzeitig genug sehen.

Aber Löwen sind nicht blöd, Papa, die sind schlau und stark.

Das ist mir doch so was von schnuppe, eh, und jetzt haltet endlich mal euren Schnabel!

Trügerische Ruhe senkt sich kurzfristig in der stickigen PKW-Zelle nieder, dann kommt die nächste Sabbel-Attacke der Fünfjährigen:

Mama, ich habe Durst.

Ja, mein Kind, bald gibt es was zu trinken!

Aber ich will jetzt meine Limo!

Der Vater, auch angesäuert durch die Schleichtour in diesem Viecherpark, wo er doch gerne durch rasantes Fahren auf dem heimischen City-Ring auffällt, schlägt wortgewaltig zu:

Es gibt nichts zu trinken, die Flaschen sind im Kofferraum, da kommen wir nicht ran, oder wollt ihr von dem nächsten schlauen Löwen zum Nachtisch verspeist werden?

Jetzt ist die Fünfjährige fertig mit der Welt und heult hemmungs- und gnadenlos für die Ohrmuscheln der Eltern drauflos.

Jetzt siehst du, was du angerichtet hast, kannst du nicht freundlicher zu deiner Tochter sein? Wenn sie Durst hat, hat sie Durst. Dann muss sie auch trinken dürfen!

So die Mutter.

Ach, Scheiße, wer wollte denn diese saublöde Tour in diesen Viecher-Park machen? Und außerdem: Kannst ja aussteigen, kleines Picknick mit den Gören Auge in Auge mit ausgehungerten Säbelzahntigern, gierigen Leoparden und so machen. Ich sammele dann die Reste von euch ein!

So der Vater.

Alle Insassen werden abrupt nach vorne geschleudert, Vaters Stirn touchiert mit einem hässlichen „Plopp" heftig die Windschutzscheibe, er ist voll in die Eisen getreten, weil unvermittelt eine Horde Affen vor dem Kühler aufgetaucht ist. Die Kinder sind nach kurzer Schreckphase hellauf begeistert!

Schau mal, Mama, die Affen! Sind die nicht süß? Und da ist auch ein Affenbaby, och, das ist aber niedlich!

Und entsprechend dem Jungschar-Lied – die Affen rasen durch den Wald – begnügen sich die possierlichen Tierchen nicht mit dem bloßen Herumgammeln auf dem heißen Sandboden vor dem Kühlergrill des Fahrzeugs, sondern jumpen ausgelassen und behände auf die Kühlerhaube des Neuwagens. Der Vater, seelisch abgenervt und zusätzlich lädiert durch eine leicht blutende Wunde an der Stirn durch den Kuss mit der Frontscheibe, sieht sich nun Auge und Auge mit wildgewordenen Affen konfrontiert, Mensch und Tier nur durch eine lächerlich dünne Windschutzhaube voneinander getrennt. Er erlebt schreiende und vor Glück johlende Kinder auf dem Rücksitz, die die „süßen" Affen so was von „geil" finden (O-Ton des Zwölfjährigen). Und die Affen und Äffchen fühlen sich so richtig angefeuert und steigern trotz Bruthitze rasant ihr tierisches Engagement und fangen an, für die Kinder äußerst lustig und „toll", gegen eigenen Brustkorb und Motorhaube einen Trommelwirbel zu entfachen, der im Crescendo ausufert, die Begeisterung der Kinder zur Ekstase treibt, die Affen zusätzlich motiviert, so dass sie auf das Wagendach klettern und ihr „geiles" Werk mit Getöse, Trommelwirbel und lautem Schreien fortsetzen. Der ansonsten stresserprobte und immer nach eigener Einschätzung coole Vater und Konzernmitarbeiter reagiert prompt:

Die mach ich fertig!

Und er drückt gegen die Wagentür, um sie zu öffnen, will den rasenden Affen zeigen, wer der wahre Cheffe ist, seine Frau kann ihn gerade noch mühsam zurückhalten. Draußen toben sich die Affen weiter auf Motorhaube und Wagendach munter aus, drinnen tobt die Familie!

Einundzwanzig Minuten später: Die Familie hat den Park fluchtartig verlassen, auf dem Rücksitz zwei heulende Kinder (der Zwölfjährige bewahrt noch die Fassung), der Vater mit hochrotem Kopf, die Mutter verstört mit Tränen in den Augen. Kurzer Stopp, Trink- und Pinkelpause (Papa genehmigt sich schnell zwei Stressbiere auf die Affenattacke), um dann den unübersehbaren Lackschaden am Fahrzeug konsterniert zu begutachten. Das hochwertige und nigelnagelneue Konzernfahrzeug sieht nun aus, als hätte ein Hagelschauer schwersten Kalibers die vielen Krater auf Motorhaube und Fahrzeugdach eingefräst.

Der Ausflugssonntag ist endgültig gelaufen und der Motor wird von Papa hochgezogen und in hohem Tempo soll es endlich heimwärts gehen. Und das geht auch zwei Kilometer gut, da kommt die Kelle heraus, Polizeikontrolle, anhalten, Scheibe herunterkurbeln.

Guten Tag, die Herrschaften, Polizeikontrolle, darf ich mal Ihre Papiere sehen?

...

Was haben Sie denn mit Ihrem Fahrzeug gemacht? Motorhaube und Dach sind ja total verbeult! In einen Hagelschauer gekommen, was?

Nein, verdammt noch mal, da sind Affen drauf rumgetrampelt!

Es ist der Vater, der zurückäfft.

Na, nun werden Sie mal nicht frech. Steigen Sie mal aus! Haben Sie etwas getrunken? Hauchen Sie mich mal an!

Der weitere Fortgang dieser affenartigen Story ist dem örtlichen Polizeibericht zu entnehmen (Auszug):

Der alkoholisierte Fahrer des PKWs mit dem amtlichen Kennzeichen AF- FE 2317 griff einen Polizeibeamten im Dienst tätlich an, riss ihn zu Boden und trommelte mit beiden Fäusten auf den wehrlosen Beamten mit den Worten ein: Es waren Affen, Affen, Affen, die haben so, so, so auf mein Auto herumgetrommelt und getrampelt, die blöden Affen, diese saublöden Affen, die ...

Der Beamte musste mit schweren Rippenprellungen in das hiesige Kreiskrankenhaus eingeliefert werden, derweil der Fahrer zur weiteren Beobachtung in das örtliche Landeskrankenhaus verbracht wurde.

Die Katze und der Schokoladenkeks

Es begab sich just zu der Zeit, als ich noch mehr oder weniger fleißiger Student an einer Hochschule in der niedersächsischen Tiefebene war. Das war so Ende der 1970er Jahre. Nach mehreren Jahren des Allein-Lebens in schmalen Studentenbuden mit Vermietern, die ständig auf dem Horchposten waren (Damenbesuch?), wagte ich einen kompletten Restart in mein scheinbares Lebensglück hinein. Nach dem Rausschmiss aus der letzten Bleibe (nicht wegen Damenbesuch, sondern wegen Eigenbedarf!) blieb mir nichts anderes übrig, als innerhalb von 14 Tagen ein ansprechendes Domizil zu finden. Zuerst, geprägt durch meine Einsiedelei, schaute ich mich nach Zimmern um. Aber instinktiv deuchte mir: Du musst unter das Volk! Aber es graute mir davor, die Wohnfläche mit anderen teilen zu müssen. Wohngemeinschaften: Waren zwar üblich, hatten aber auch einen üblen Geruch an sich. Trotzdem, ich wagte es und reagierte auf eine Anzeige in der örtlichen Zeitung und fuhr mit meinem schlüpferblauen, schrottreifen Vehikel in den Vorort, um das Wohnangebot zu begutachten. Ich landete im Industriegebiet und bog in den Innenhof eines Häuserkomplexes ein. Düster sah es aus, einige Kleinstfirmen hatten sich hier niedergelassen, hinter dem Haus verliefen die Eisenbahnschienen. Jahre später erschien tatsächlich eine Lok mit mehreren Waggons und entgleiste prompt während der großen Schneekatastrophe 1978. Ich stieg die Treppen hoch in den ersten Stock, drückte auf die Klingel, hörte schnelles Fußgetrappel und die Tür wurde aufgerissen. Vor mir stand ein kleines Mädchen, weiter im Raum zwei Frauen. Und eine Katze wieselte durch die Wohnung. Nach kurzer Begrüßung wurde mir das Zimmer gezeigt, welches vermietet werden sollte. Das Zimmer war recht groß und es wurde deshalb frei, weil eine der beiden Frauen beabsichtigte, mit ihrem Freund zusammenzuziehen. Insgesamt verfügte die Wohnung über zwei Zimmer, eine kleine Kü-

che und ein Bad. Ich entschied mich nicht sofort, bat mir Bedenk-
zeit aus. Aber als nach einer Woche des Suchens keine Studenten-
bude in Sichtweite war, rappelte ich mich auf und rang mich
durch, das Wagnis mit der Frau, nennen wir sie Sabine, ihrem
Kind und ihrer Katze zu wagen und zog mit meinem armseligen
Gepäck in die Wohnung ein und begann flugs mit dem Einrichten
meiner neuen Behausung. Ich ließ mir einen Bettkasten zimmern,
besorgte mir eine ausgeleierte Matratze und fertig war die Liebes-
statt. Ein Regal musste noch her, das war nun wirklich nicht
schwer: Ziegelsteine aufgeschichtet rechts und links im Abstand
von 2,50 m, ein Brett darübergelegt, nächste Fuhre Ziegelsteine
und so weiter und so weiter. Noch ein paar Topfpflanzen, die
nach unten rankten, im Regal aufgestellt und voilà!, das Regal
stand in ganzer Pracht an der Stirnwand. Noch ein Schreibtisch
dazu und ein Stuhl und alles war in bester Ordnung. Ach ja, Bast-
matten hatte ich auf dem Boden ausgelegt. Die hatten einen un-
schätzbaren Vorteil: Die brauchten nicht gesaugt zu werden, denn
der Schmutz fiel auf wunderbare Weise immer durch die vielen
und großen Löcher und verschwand zu meiner großen Freude im
unsichtbaren Bodenbereich. So weit, so gut. Und nun hatte ich
eine Belohnung verdient: So fuhr ich los, um im nächstgelegenen
Supermarkt einzukaufen. Ob, und wenn ja, wie viele französische
Landweine ich geordert hatte, hat sich meinem Gedächtnis entzo-
gen. Aber: Ich sah sie, die Kekstüte, das Cover war wahnsinnig
vielversprechend. Ich musste mich beherrschen, die Packung
nicht schon im Geschäft aufzureißen, um in die herzhaften Kekse
hineinzubeißen. In gelöster Stimmung und in wohliger Vorfreude
raste ich zurück, um schnellstmöglich den Bezug meines neuen
Zimmers zu feiern.

Nun ging ich daran, den bevorstehenden Genuss zu zelebrie-
ren: Ungeduldig riss ich die Tüte auf – und war schrecklich ent-
täuscht. Die Kekse sahen blass, unappetitlich, trocken, kurz gesagt: dämlich und langweilig aus. Wütend hielt ich schon nach

meinem Papierkorb im Zimmer Ausschau, um dieses missratene Gebäck genau dort zu entsorgen. Aber halt, da war noch etwas! Zu meiner grenzenlosen Überraschung und ebensolcher Freude entdeckte ich ihn, den einzigen, den wahren, fetten Schokoladenkeks. Flugs besorge ich mir einen Dessertteller aus der Küche, stellte ihn auf den Boden in meinem Zimmer ab, platzierte das farblose Kekseinerlei und drapierte an die Spitze als Krönung der Keksschöpfung den gigantisch appetitlichen Schokokeks. Das Ensemble war beeindruckend! Mir lief das Wasser im Munde zusammen, aber ich riss mich insgesamt auch zusammen und entschied: Erst der Toilettengang und gründliche Säuberung der Grabbelgreifer, dann zum Keksschmaus. Der Gang vom Klo zu meinem Zimmer betrug zehn gewöhnliche Schritte, meine Zimmertür stand offen, ich steuerte zielstrebig auf meine Kekspyramide zu – und stutzte! Irgendwie sah der Gebäck-Turm anders aus, ich kam nicht gleich auf den Trichter. Dann sah ich sie, die Hauskatze, wie sie genüsslich mit der Zunge ums Maul wedelte, ich sah erneut auf den Kekshaufen und sah ihn nicht mehr: den dicken, fetten Schokoladenkeks. Messerscharf kombinierte ich: Da ich noch stocknüchtern und im Besitz meiner vollen geistigen Kräfte war, konnte ich den Schokokeks nicht vertilgt haben, sondern es musste der tierische Mitbewohner gewesen sein, der sich, wahrscheinlich um mich völlig aus dem Gleichgewicht zu bringen, immer noch und offenbar mit steigender Wollust mit der Zunge ums Maul strich, so als wollte er sagen: Ätsch, ich war schneller und der Keks hat vorzüglich geschmeckt. Mich packte der heilige Zorn, ich ergriff eine Handvoll blasser Kekse und schleuderte sie in Richtung der verfressenen Katze. Die schoss davon, ich schreiend hinterher. Das Mistvieh sauste eng am Bücherregal entlang, touchierte mehrere Blumentöpfe, die mit einem hässlichen Geräusch auf dem Boden aufschlugen und Erde und Pflanzen verteilten, vollzog am Ende des Zimmers eine abrupte Kehrtwendung, raste über den flachen Beistelltisch, kippte dabei ein üppig gefülltes Rotweinglas um und verschwand im Nirgendwo. Derweil war ich über einen der heruntergefallenen Blumentöpfe gestolpert und der Länge nach hingeknallt. Mühsam rappelte ich mich wieder auf, befühlte alle beweglichen Teile an meinem Körper und stellte fest: Bis auf eine Knieprellung war ich davongekommen – das vermaledeite Katzenvieh aber auch.

Am nächsten Tag erhielt ich die Kündigung von Sabine. Ich suchte und fand innerhalb von drei Tagen eine kleine, feine 1,5-Zimmer-Wohnung unweit der Uni. Ich war glücklich, bis ich Hundegebell vernahm. Die scharfen Laute kamen von einem asiatischen Kampfhund. Wegen meiner Hundephobie nahm ich mir vor, das Mördertier zu bestechen: Ich bekam heraus, was dieses Monster zu fressen bekam und stellte ihm jeden Tag das feinste Menü bereit. Wir wurden ziemlich gute Freunde.

Keine Luft

Emma kommt auf dem Fußweg fröhlich angelaufen. Der Opa steht am Zaun und ruft Emma zu:

Wie geht es dir, Emma?

Heranhüpfend und strahlend antwortet sie:

Ich habe heute Nacht keine Luft gekriegt!

Und sie läuft singend und hüpfend weiter.

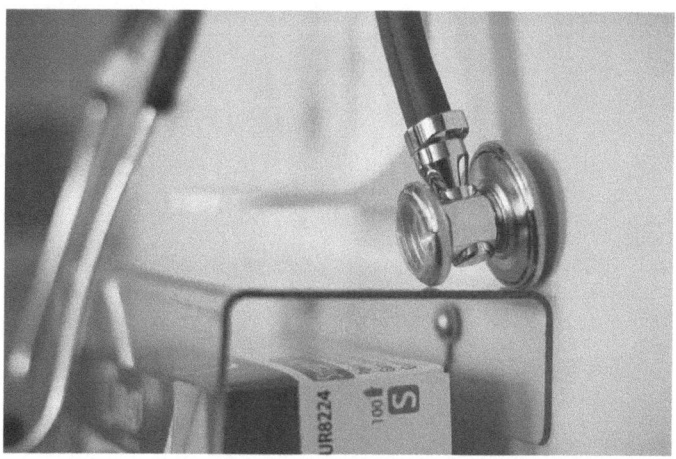

Der Opa fasst sich ans Herz, schlurft so schnell er kann in seine Wohnung, kramt das Blutdruckmessgerät heraus, legt es mit zittrigen Fingern an, lässt das Gerät arbeiten und nach kurzer Zeit wird das Ergebnis im Display angezeigt: 185 zu 145! Der Opa ruft schnell seine Tochter an, schildert in dramatischen Worten seinen Zustand, sie fährt ihn sofort in die Notaufnahme des örtlichen Klinikums. Diese ist bereits total überfüllt, nach zweieinhalb Stunden wird er endlich zur Untersuchung vorgelassen. Aufgeregt und zitternd liegt er da, der Oberarzt kommt nach wenigen Minuten hinzu und lässt sich von der Schwester zuerst die Blutdruckwerte zeigen. Dann schaut er den Opa mürrisch und mit leicht gerötetem Kopf an und donnert los:

Sagen Sie nichts! Ich hatte heute bereits 13 Patienten, die alle die gleiche Geschichte vorbrachten: Emma sei ihnen begegnet und hätte ihnen fröhlich mitgeteilt, dass sie heute Nacht keine Luft gekriegt hätte! Machen Sie, dass Sie rauskommen!

Das Eis in Essen

Die Mutter hat Montags-Stress. Wieder mal ein gebrauchter Morgen. Mann zur Arbeit, Tochter muss gestillt werden und der zweijährige Enkel Peter knört schon seit einer Stunde herum. Wie gut, dass der Opa Alfred zugegen ist. Der soll und darf jetzt helfen. Der ultimative Auftrag lautet: Enkel Peter den Vormittag ausführen, am besten in den herrlichen Grugapark, da kann die Laune des wissbegierigen Knaben wieder schnell aufgemöbelt werden. Gesagt, getan, der Opa schwirrt mit dem inzwischen gnädig gestimmten Enkel los. Und als die beiden im Park ankommen, hat sich die nervige Morgen-Muffelei des Enkels verflüchtigt. Gerade kommen die beiden an einem Eisstand vorbei. Es ist jetzt 10:05 h und der Opa fasst den Entschluss, die gute Stimmung von Enkel Peter weiter anzuheizen. Er fragt also den Kleinen:

Peter, möchtest du ein Eis essen?

Peter, der eigentlich schon ganz passabel sprechen kann, schaut auf, strahlt seinen Großvater mit riesigen Kulleraugen an und nickt heftig. Dieses Signal kann kein Opa missverstehen und so ordert der Großvater eine kleine Portion Schokoeis (eine Kugel!) für sich und eine Jumbo-Portion mit vier Kugeln für den begeisterten Enkel. Und nun ist die Welt im Soziallabor Essen völlig in Ordnung. Die beiden schlecken genussvoll ihre Eisportion und schlendern dann zufrieden dem Ausgang entgegen. Sie erreichen nach kurzer Zeit den Stadtteil wieder, in dem Peter mit seinen Eltern und Schwester Greta lebt. Sie haben noch ein bisschen Zeit, die Mama hat festgelegt, dass sie gegen 12:30 h zum Mittagessen ankommen sollen. Der Opa, der gerne Kaffee trinkt, strebt zielorientiert mit Peter auf ein Café zu, das sich unweit der elterlichen Wohnung befindet. Sie setzen sich an einen Tisch und der Großvater studiert die Getränkekarte, währenddessen Peter die bunten Bilder der Eiskarte bestaunt. Nach sehr kurzer Zeit stupst Peter mit dem Finger auf das Bild mit einer riesigen Eisbombe und kräht:

Da!

Der Großvater blickt erstaunt auf, schaut sich die Zielrichtung des kleinen Enkelfingers an.

Willst du das Eis haben, Peter?

Um seiner unmissverständlichen ersten Äußerung Nachdruck zu verleihen, hebt der Enkel seinen rechten Arm an, spreizt den Zeigefinger ab und lässt ihn im Geiersturzflug auf die fette Eiskugel in der Eiskarte heruntersausen. Der Opa weiß, was die Eis-Stunde geschlagen hat, es wird bestellt und gegen 12 h ist alles vertilgt. Dem Opa ist sehr wohl, der Enkel ist ebenfalls frohgelaunt.

Peter, wir gehen jetzt zu Mama, ja? Die wartet bestimmt schon mit dem Mittagessen. Aber, Peter: Wir sagen nix, Mama muss nicht wissen, dass wir so viel Eis gegessen haben, ok?

Und dabei legt der Opa den Zeigefinger auf seinen Mund und signalisiert seinem Enkel, schweigsam zu sein. Peter macht die Bewegung seines Großvaters nach und nach wenigen Minuten betreten sie die elterliche Wohnung. Sie sind noch nicht ganz im Raum, da kommt ihnen schon die Mama entgegen.

Na, war's denn schön im Grugapark mit Opa, Peter?

Ja, Mama, ich habe von Opa zwei Eis bekommen!

Dem Opa bleibt die Spucke weg: Erstens, weil der Enkel einen grammatikalisch einwandfreien und kompletten Satz herausbringt, und zweitens, weil er seine kleine Schnute nicht gehalten und das Schweigeabkommen gebrochen hat.

Opaaaa! So geht das nicht! Zwei Eis am Vormittag und das vor dem Mittagessen!

Enkel Peter hüpft freudig davon, der Opa steht da wie ein begossener Pudel, der nicht weiß, wie ihm geschieht. Die Mama sieht ihn eine ganze Weile strafend an, dann, mit leicht gelockerten Gesichtszügen, kommt der erlösende Nachsatz:

Na ja, Opas dürfen das!

Der Großvater bekommt ein süß-saures Lächeln zustande, wendet sich ab und ein breites Grinsen erhellt sein Gesicht.

Der Opa beschließt, Enkel Peter und Enkelin Greta immer wieder und zu jeder passenden und unpassenden Gelegenheit mit üppigen Eisportionen zu beglücken. Er weiß, dass er von der Mama einen Anschiss bekommen wird. Jedoch, sie wird zum guten Schluss immer versöhnend sagen:

Na ja, Opas dürfen das!

Die Ralle von Oberhausen

Kurti ist der vierjährige Enkel. Frühstarter, schreib- und lesefähig. Er befindet sich mit seinem 78 Jahre alten Opa in Oberhausen und beide spazieren selig an einem Teich dahin. Damit seinem Enkel nicht langweilig wird und weil er seine Allgemeinbildung fördern möchte, stellt er dem Sprössling, wie er meint, sehr schwierige Fragen.

Kurti, was haben die Elefanten?

Einen Rüssel, Opa!

Prima, Kurti. Und was haben die Enten?

Opaaa! Das ist doch pippileicht: einen Schnabel!

Sehr gut, Kurti. – Schau mal da, die Ente da auf dem Wasser!

Opaaa! Das ist doch keine Ente, das ist eine Ralle!

Opa schweigt betreten. Was, bitteschön, ist eine Ralle? Das denkt er, aber er hütet sich, seinen neunmalklugen Enkel zu fragen. Mürrisch stapft der Opa mit Kurti weiter, der jetzt seinem Großvater jede Pflanze verklickert und jedes Tier, das vorbeihuscht, haarklein erläutert. Der Opa erklärt, dass er müde ist (in Wirklichkeit ist ihm ganz schlecht ob seiner Unwissenheit) und sie kehren in ein heimeliges Restaurant ein. Unter einem Vorwand verabschiedet sich der Opa auf die Toilette, zurrt sein uraltes Steinzeithandy aus der Tasche, müht sich ins Internet und schlägt dort nach, welche Pflanzen und Tiere ihm heute begegnet sind, soweit er das überhaupt behalten hat. Denn doof sterben will er nicht! Da macht es KLONG und der Opa realisiert, dass eine SMS von seinem Enkel Kurti eingegangen ist.

Opa, komm runter vom Klo, brauchst nicht nachschauen, ich kann dir alle Tiere und Pflanzen erklären!

Zum guten Schluß

Corona hat uns alle ganz schön mitgenommen. Uns häufig deprimiert und niedergedrückt. Uns Sorgen bereitet und uns auch verzweifeln lassen.

Für mich hatte die Pandemie einen großen Vorteil: Ich musste mich, wie alle anderen Bürger und Bürgerinnen auch, zurücknehmen und hatte viel Zeit, die ich sinnvoll füllen wollte und konnte. So ist dieses Buch entstanden. Einen erneuten Lock- oder Shutdown möchte ich gerne wieder haben, um das nächste Projekt anzugehen.

Oder etwa nicht?

Gerfried A. Ferchau

Mondorf, 31.08.2021

Zeitfracht Medien GmbH
Ferdinand-Jühlke-Straße 7
99095 Erfurt, Deutschland
produktsicherheit@kolibri360.de